UFOエネルギーと
NEOチルドレンと
高次元存在が教える
〜地球では誰も知らないこと〜

保江邦夫 × 松久 正(ドクタードルフィン)

UFOエネルギーとNEOチルドレンと高次元存在が教える
地球では誰も知らないこと　―目　次―

Part 1

向かい合う相手を「愛の奴隷」にする究極の技

対戦相手を「愛の奴隷」にする究極の技 …… 8
高い意志を持って地球に生まれてきている子どもたち …… 18
龍穴で祝詞を唱えて宇宙人を召喚 …… 21
「私はＵＦＯを見るどころか、乗ったことがあるんですよ」
高校教師の体験実話 36
宇宙人の母星での学び――子どもにすべきたった１つのこと …… 48
高次元シリウスの魂でやってきている子どもたち …… 58
ゼロポイント（基準値）はもともとない
――集合意識と固定観念を打ち砕け 72

Part 2

ハートでつなぐハイクロス（高い十字）の時代がやってくる

「龍の力を借りなさい」――「赤い月」同士の出会い …… 82
愛と調和の時代が幕を開ける――浮上したレムリアの島！ …… 95
「私があって社会がある」アイヌ酋長の教え …… 105
ハートでつなぐハイクロス（高い十字）の時代がやってくる …… 109
レムリアでの壮大なストーリー …… 117
パラレルの宇宙時空間ごと書き換わる、超高次元手術 …… 123
あの世の側を調整するとは――空間に存在するたくさんの小さな泡 …… 128
瞬間移動はなぜ起こるか――時間は存在しない …… 135
松果体の活性化で自由闊達に生きる …… 143
宇宙人のおかげでがんから生還した話 …… 153

Part 3

UFOの種をまく ＆ 宇宙人自作の日本に在る「マル秘ピラミッド」

サンクトペテルブルグのUFO研究所——アナスタシアの愛 …… 164
UFOの種をまく …… 171
愛が作用するクォンタムの目に見えない領域 …… 182
日本に在る宇宙人自作のマル秘ピラミッド …… 187
アラハバキの誓い——日本奪還への縄文人の志 …… 199
「人間の魂は松果体にある」 …… 207
現実化した同時存在 …… 212
ギザの大ピラミッドの地下には、秘されたプールが存在する …… 220

Part 1

向かい合う相手を「愛の奴隷」にする究極の技

（＊対談日　２０１８年12月29日）

対戦相手を「愛の奴隷」にする究極の技

松久　保江先生、本日はわざわざ鎌倉の私の診療所まで足をお運びいただき、本当にありがとうございます。

保江　こちらこそ、今日はお目にかかれるのを楽しみにまいりました。

松久　保江先生のお話はいつも興味深いのですが、その１つである「ＵＦＯの操縦は合気道の原理と同じ」という話、あれは特に面白いですね。

私は、昔から合気道にすごく興味があるんですが、まだ門戸を叩けていないんですよ。柔道をやってきて、講道館の二段までとっていますので、いちおう、武道の精神の中には身を置いたんですが……。

私はずいぶん前から、合気道というのは宇宙とつながる武道ではないかと感じていたんです。

例えばＵＦＯも、ほとんど意識だけで操縦するものとわかっているので、合気道の「合気」と同じなんだなと。

先生、ＵＦＯの操縦と合気道について、お話し願えますでしょうか？

保江　まず、合気道の創始者は、植芝盛平(うえしばもりへい)先生というお方です。

松久　はい。植芝先生ですね。

保江　盛平先生は、晩年は「合気は愛じゃ」とおっしゃっていました。

松久　愛ですか。

保江　愛です。例えばこちらを殺しにくる相手を愛してしまうと、もう相手の身体はこちらの都合のよいように動いてしまうというわけです。

松久　自分が愛すると、愛した相手が思いどおりになってしまうんですか？

保江　そう、愛の結果なんです。愛の奴隷といってもよいでしょうね。

いったい、どこの脳が活性化して、相手の筋肉のどういうところがその活性化した脳と同調するのかと、僕もいろいろと研究してみました。

ファンクショナルＭＲＩ（注　脳機能画像法の１つで、脳の機能部位を評価する断層写真を撮影する技法）とか、脳波分布や筋電図を計測してみたのです。その研究成果は拙著『脳と刀──精神物理学から見た剣術極意と合気』（海鳴社）で詳しく報告してあります。

盛平先生は、テレビのルポルタージュ番組などで紹介されたりした頃はもう、小さなおじいさんですよ。お若い頃は北海道の開拓農民で腕力の強い方でしたが。

その小さなおじいさんが相手を愛すると、お相撲さんでもふっとばされるというわけですから、僕も驚きました。

松久　あれ、すごいですよね。私も動画を観たことあるんですが、とんでもないですよ。

保江　そうですよね。例えば、触れることなく弟子をふっとばすという動画などを見ますと、弟子が自分で飛んでいっているとしか思えないんです。

普通の人が見ると、ヤラセだと疑うでしょうね。

でも、盛平先生に限ってはそうじゃないんですよ。ほかの師範ではヤラセもあるかもしれないですが、盛平先生に関してはたくさんの証言や体験談が残っていますから。

相手は、絶対に倒れるもんか、俺がやっつけてやると思っているのに、無意識のところで、意識しては使えない筋肉を動かされて、倒れるようにされてしまうんです。

松久　意識的には動かせない筋肉を、先生の愛で動かされるんですか？

保江　そうなんです。心臓などの不随意筋のようなものではなくて、骨のすぐ近くの、いわゆるインナーマッスルですね。

随意的には動かせない筋肉が、盛平先生に愛されたら先生の都合のいいように動かされてしまうんですよ。

例えば、こちらは意識では押そうとしている。ところが、なぜかそれに逆らう動きを筋肉が無意識にしてしまうから、普通ならまずできないような曲芸師みたいな動きになったりします。

それで、盛平先生に逆技（注　相手の関節を逆に曲げたりねじったりする技）をかけられると、自分では可動域の限界だと思っているよりさらに、動かされてしまうんですよ。なので、そこで手を離されちゃうと、そのかたちのままになってしまって、自分で身体を戻せないんです。

松久　だから、倒れちゃうという？

保江　倒れるし、そのまま動けなくなるんです。

松久　愛すると、相手の意識はどうなるんでしょう？

保江　まったく影響ないです。

松久　相手が愛し返しても、関係ないんですか？

保江　相手は、まさか武術で向き合っている相手が、自分を愛しているなんて思いもしませんし、先生もおっしゃいませんからね。

意識では、愛されているのはわからないんですが、身体はそれで動いちゃうんです。

松久　植芝先生の愛だけでコントロールできるということですか？

保江　そうです。相手は、本当に殺気をもってかかっていくんですけれども。

松久　その愛というのは、いわゆるエネルギーの完全共鳴なんですか？

保江　日本人には、この「愛」というのが一番わかりにくいんです。

特に武術をやる人は男性が多いですよね。そんな日本人男性に向かって、相手を愛すればいいという説明はするんですが、彼らはみな、「いや、僕ら日本男児は愛するなんて、恥ずかしくてできませんよ」と文句をつけてきます。

松久　なかなか今まで、武道の中に愛という世界はなかったですからね。

保江　なかったですよね。

「女性を愛するならまだしも、試合とかスパーリングやる相手を愛するってどういうことですか？」と、みんな聞くんです。

それで、なんとかわかってもらおうと、僕自身も「愛」というものについていろいろ考えてみるわけです。

そこで気づいたのですが、結局「愛する」っていうのを突き詰めていくと、「共感する」っていうことだと気がつくんですよね。

松久　共感って、共鳴と同じですか？

保江　はい。例えば、異性と付き合い始めたとき、デートではドライブに行くとか映画を観るとかするでしょう。

どちらも、同じ向きに並んで座って、同じものを見てるんですよね。

松久　なるほど、たしかにそうですね。

保江　映画は2時間くらい観ますし、ドライブも2時間くらいすることが多いでしょう。2時間くらい同じものを見ていると、「共感」を生じさせられるということですね。

それが「愛」の始まりになります。

最初から異性と正面で顔を合わせていると、なんとなくそわそわしてうまくいかないじゃないですか。それより、映画でもドライブでも動物園でも、ともに同じ方向を見ているのがいいんです。

松久　ただ、合気道の場合は向かい合いますよね。

保江　そうそう。そのままだと共感しにくいわけです。だからこそ、相手と共感する努力をしなくてはなりません。

松久　姿勢の問題ではなくて、意識を同じものに向けるということですか？

保江　つまり、自分に向かうんです。これは合気道だけではなく剣術の秘伝書にも書いてあるんですが、どうやったら真剣勝負で勝って生き残れるかというと、相手が見ている自分の姿が浮かびあがったら、そのときに刀を振り下ろせというんです。
　そうしたら必ず勝てると。

松久　それは面白いですね！　自分と相対している相手がいて、自分の脳裏に相手の中にある自分の姿が浮かぶということですか？

保江　自分の脳裏に、相手の視界が浮かぶということですね。

松久　相手の視界が浮かぶ？

保江　視界が浮かんできて、その中にいる自分が見えたら、その瞬間に自分を斬る。相手の視界の中の自分の姿を斬るんです。

そうすると、ふと冷静に戻ったらなぜか相手が倒れているという。

松久　相手が斬られている。すごいですね。

保江　これが唯一、真剣勝負で勝つ方法だということです。

頭を働かせて、こう斬ってきたからこう打つ、とやっていたら絶対勝てないそうです。

松久　私もいろんなものに興味を持って、いろいろなものに触れてきましたが、今のように深いのはなかなかないですね。

保江　あるとき、登校拒否や自閉症のお子さんのカウンセリングを休みの日にしている小学校の先生に、今の話をしたんですよ。

するど、彼が話してくれたことがあります。

部屋に閉じこもってしまって、お母さんやお父さん、兄弟とも会いたくないという子どもをカウンセリングしたそうなんですが、

「どうして学校に行かないで部屋に引きこもって、お母さんたちにも会いたくないの？」と聞いたそうなんです。

その子はなかなか心を開いてくれなかったようですが、やっと答えてくれたのが、

「友だちやお母さん、ほかの誰かの目に映っている自分の姿が見えるんです。その人たちの前に自分がいるのが見えてしまうんです」と語ったそうなんです。

松久　相当、進化していますね。

保江　はい。しかも、単に自分の姿だけではなくて、その人たちが自分をどういう色眼鏡で見ているか、つまり、自分がどう思われているかまで見えるんだそうです。

松久　それは、辛いこともあるでしょうね。

保江　それで、ほとんどの友だちが、自分のことをあまり良く思っていないことがわかっている、だからもう学校に行くのがいやなんだと。

松久　なるほどね。

保江　「お母さんもお父さんも、実はお兄ちゃんも、決して僕のことをいいようには見ていないんです」とまでも弱音を吐いてしまうのです。

それで、誰もいないところでしか落ち着けないから、自分の部屋に閉じこもってしまったんですね。

高い意志を持って地球に生まれてきている子どもたち

松久　これは、序盤から深い世界に入りましたね……。

私も最近、ＵＦＯどころじゃなくなってきました。

この世界の深いところまで感じているんです。


今、私は、全国の都道府県の方々の様々な対面診療と遠隔診療をしていまして、さらに海外からの患者もあるんです。

おそらく、ありとあらゆる人間像を見てきました。その人たちの訴えも、魂の問題から、心、体の問題、人間関係の問題など、すべてを網羅していると思います。

医学の教科書に書いてあるような病はほとんど診てきましたし、魂の深いところに関わるようなケースもあるんです。


最近は、子どもについての悩みが明らかに多くて、それぞれ因果が深いと感じています。

親がとても悩んでいて、子どもを連れてきます。そうした親は必ず、自分の子どもが「ほかの子より劣っている」と思って連れてきているんです。

「この子は駄目な人間だから、ここに連れてこざるをえなかった」という認識なんですよね。

子どもたちはその親の気持ちをわかっているので、やはり一様に元気がなく、暗いんです。

私は、そうした親や身内が子どもを見る目が変わらないかぎり、子どもが救われないという印象をずっと持っていました。

私はいつも、「人は、魂のテーマ、つまり設定として、親子でお互いが学び合うため、学ばせ合うために、約束をして生まれてきている」と伝えています。

今は、子どもは親を学ばせてあげているのにも関わらず、親がまったく学んでいないというケースが多いと思います。もちろん、逆もありますけれどね。

私の仕事としては、その子どもを良くすることではなくて、親の見方を変えさせる、つまり親の目に映る子どもに対しての認識を変えさせる必要があると思っているんです。

そうすれば、子どもは勝手に良くなっていくものですからね。

ですから、今の先生のお話は、私もすごく共感させていただきました。

やはり子どもたちは、ものすごく繊細なんですよ。いわゆるレインボーチルドレンやクリスタルチルドレンは、親が思う以上に、想像を絶するほど繊細です。

そして非常に素晴らしい可能性に満ちたエネルギーを持って生まれてきているんですが、今の地球の雑な波動の中でそのエネルギーを保ち続けるのは、とても難しいんです。

親はもともと地球の波動で生きているので、子どもがせっかく高い波動で生まれてきて、親に学ばせよう、いいものをもたらそうと思っていても、それが活かされないまま潰されてしまう。

彼らは、親が自分をどう見ているか、どういうふうに目に映っているかがわかるんですね。

子どもが大切なことを伝えようとして、「これでもわかんない？　こんなにしてもわかってくれないの？」と訴えるほど、親は彼らの意図とは逆に、「この子は問題児。周りに比べても劣っている」と押さえつけようとするので、結局、子どもは絶望して閉じこもってしまうんです。

「自分はなにもできないんだ」と、無力感に打ちのめされて……。

せっかく高い意志を持って地球に生まれてきたにも関わらず、親に絶望して閉じこもってしまっている子どもがとても多いですね。

龍穴で祝詞を唱えて宇宙人を召喚

保江　そうなんです。
実は今日、こちらにうかがってドクタードルフィンと初めて対話をさせていただいている、このタイミングが素晴らしいんですね。

今のお話から、わかったことがあります。
僕は今、東京の白金に住んでいるのですが、その白金で、つい先日の日曜日の夕方にあったことです。

松久　白金。いいところにお住まいですね。

保江　白金台のほうは、高級住宅街でいわゆるいいところなんですよ。
でも、白金のほうは雰囲気が違うんです。

松久　ちょっと違うんですか？

保江　まるっきり違うんです。実は白金は、大田区にもあるような町工場街で、いまだに古い町工場がたくさん稼働しているんですよ。

松久　あの、プラチナ通りみたいなリッチなイメージとは違うんですね。

保江　そう、違うんです。実に素朴な場所なんですよね。

そこに、僕の住む築37年の古いマンションがありまして、マンションの前に青空駐車場があるんです。止まっている車はさすがにベントレーとかベンツなどの大型の高級外車ばっかりですけれども。

そしてその青空駐車場が、いわゆる龍穴（りゅうけつ）になっているんです。僕にはそんな土地の気脈を見る能力はないので、神主さんや巫女さんに教えてもらったのですが。

松久　龍穴ですか。

保江　地球の気脈の結節点になっていて、すごい波動を発している場所なんです。ドルフィン先生も、そこに立たれたらすぐにわかると思います。

それで、最寄りの地下鉄の駅に行くときは、その駐車場を突っ切るのが近道なのでそこを通っていたんです。夜は、必ず上空を眺めて、たぶんこういうところにＵＦＯが出てくるんだろうなと思っていたんですが、住み始めてからこの1年半の間、全然ＵＦＯが現れなかったんですよ。

ちょっと期待はずれ感が出てきたところだったんですが、先日の夕方6時頃、ついに現れました。

松久　ついに！

保江　はい。僕は今まで、飛行機のかたちだとか卵型だとか、いわゆる典型的なかたちをしたUFOだけに遭遇していたんですが、今回のは、有名なハリウッド映画『未知との遭遇』の最初の頃の場面でパトカーに追いかけられていたUFOのような、赤、緑、青の光を放つ、キラキラしたUFOでした。

松久　母船ですか？

保江　いえ、母船から放たれた偵察用の小型UFOです。

松久　それは見てみたいですね。

保江　そのときは、伯家神道（はっけしんとう）の巫女さまほか5人の方々を、龍穴に案内していました。

それぞれにそこの波動をひとしきり感じてもらったあと、僕はお腹が空いていたので、「みんなで晩ご飯に行こう」と声を掛けたのに、1人の女性が、金縛りにかかったように動かないんですよ。

なにか彼女を動かすきっかけがあればいいのかと思って、

「じゃあ、僕が今から祝詞（のりと）を唱えるから、それが終わったら食べに行こうね」

と龍穴の中心に立ち、真上を見上げて「天之御中主神祝詞（あめのみなかぬしのかみのりと）」を唱えたのです。

唱え始めたと同時くらいに、薄雲の上の方に赤や青、緑などの光点がいくつか現れました。

松久 祝詞を始めたら？

保江 はい。だから僕が祝詞で宇宙人を召喚したようなかたちになってしまいまして（笑）。

松久 そうでしたか。素晴らしい。

保江 薄雲を透して少しだけぼやけた感じの光が、とても美しく見えました。

そして、光たちは祝詞にあわせて乱舞し始めたんです。

虹色のＵＦＯの存在に気づいた同行者はみな、「ＵＦＯだ！　ＵＦＯだ！」と指差して叫んでいました。

祝詞を唱えている僕にはなぜか、あれならこれからいつでも呼べるという確信があって、祝詞は中断しなくてもよい、最後まで唱えることのほうがＵＦＯ騒ぎに参加することより大事だと思えていました。

祝詞が終わるとともにフッと消えてしまったあとも、みんな興奮してその場を動かなくなってしまいましてね。

そして、騒いでる間にふと気づいたら、僕以外の影が６つあるんです。

松久　あら。なんか座敷わらしみたいですね。

保江　はい。よく見ると、その硬直していた女性の隣に、見知らぬ若い女性が１人立っていた。それで１人増えていたんです。

松久　それは、体があるんですか？

保江　体があるんです。

松久　物質化しているんですね。

保江　あとで聞いた話では、金縛りにあった女性は、動けないながらも目は見えていたし、耳も聞こえていて、みんなが「ＵＦＯだ！　ＵＦＯだ！」と騒いでいるのもわかっていたそうです。

そんな中で、突然その見知らぬ人が、どんっと現れたというんです。

もちろん、ひどく驚いたそうですが、現れたその瞬間はまだ動けなかった。そのすぐあとにやっと動けるようになって、まずはその人に、

「あなた誰？」と聞いたそうです。

すると、その人は問いかけにまともに答えずに、

「あれはＵＦＯですね、するとここは龍穴ですか？」とか小声で言ったそうです。かなり異質な感じの日本語だったといいます。

金縛りが解けた彼女は少し離れた僕のところに寄ってきて、訴えるかのような目つきでその人が現れた状況を知らせてくれたのです。

それを聞いていたほかの同行の女性も、慌てて補ってくれます。
「あの女性は、私たちがこの龍穴に入ったときに、外の道路を向こうの方角に向かって歩いていった人とそっくりです。
それが今ここに忽然と現れるというのは……あのＵＦＯから降りてきた宇宙人が、取りあえず近くにいた人間の姿をコピーして化けているのではないですか？」

松久　なるほど。

保江　おそらく、ＵＦＯから降りてきたんでしょうね。
そして、
「私、あのＵＦＯのパス持っていますから」とか言うんですよ。

松久　え？　その降りてきた女性がそう言ったんですか？

保江　そうなんです。

松久　パス、私もほしいな（笑）。

保江　僕は、「僕も持っているんですよ」と言って、定期券を見せてみました。

松久　え？　これ先生……（笑）。

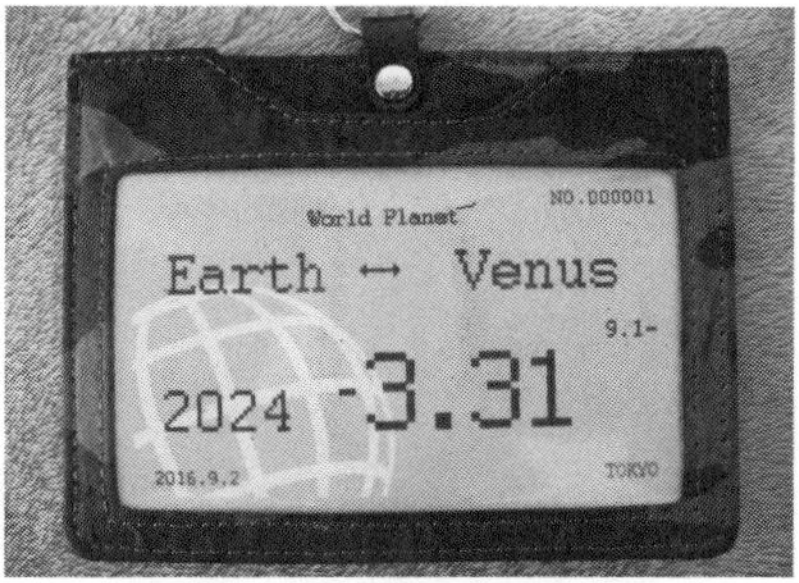

パロディで地球と金星の間のパスの絵柄にした鉄道乗車カード

保江　これは、僕のジョークでパロディです。地球と金星を往復し放題（笑）。

とはいえ、いちおうホンモノのＪＲ西日本の乗車カード「ＩＣＯＣＡ（イコカ）」が元になっているので、日本中の鉄道には乗れますよ。

松久　これ、いいお遊びだな。究極です（笑）。

保江　これを見せたら、彼女はきょとんとしてしまいましたね。

そして、自分のはパロディじゃなくて、本物だというんですよ。それで、「よかったらじゃあ、晩メシ一緒に行きますか?」と誘ってみたら、またきょとんとされました。

松久　すごい。先生、フレンドリーですね。

保江　ふだんはそこまで気軽に人を誘ったりしないのですが、自然に誘う気になったんです。その人はピンときてない様子でしたが、なかば無理やり連れて行ったかたちでした。

松久　さすが、行動力抜群ですね。

保江　日曜日の夜ですから、いわゆる高級レストランしか開いていなかったんですね。彼女はお金を持っていなさそうなオーラを出すので、僕がごちそうするからいいよって払ってあげて、とても高くつきましたけれど（笑）。

それで、食べものの注文から、7人で食べる最中の会話から、なんかおかしいんですよ。話のピントがずれているんです。

松久　ついてはきたんですよね？

保江　そうなんですよ。

松久　地球人の行動を、そうやって研究しているんですかね。

保江　チューニングを一生懸命、合わせていたんでしょうね。
僕たちの食事が異様な雰囲気になっているのがわかったからか、食後に、レストランのシェフまで出てきましてね。

松久　なにか感じてしまったんでしょうか。

保江　そうでしょうね。７人もいるのに、わざわざその人のところに立って、「いかがでございましたか」って、その人に向かって聞くんです。

松久　そのシェフもなかなか、エネルギーの聡明な方ですね。

保江　おそらく、なにかこの人は特別だと思ったんじゃないでしょうか？

松久　思わせるなにかを感じ取ったんでしょうね……。そのシェフも、ただ者じゃないでしょう。

保江　ええ。楽しく食事が終わって、変わった体験したな、という気分でした。

レストランから外に出て、

「じゃあ僕らは、それぞれタクシーを捕まえて帰るけど、あなたはどうするの？」と聞いたら、

「どうすればいいんでしょう……？」と言うんですよ。

松久　先生の、そのものまねが抜群ですよね（笑）。

臨場感がものすごくあります。まるでその人がまさに、ここにいるみたいです。

保江　僕は子どもの頃から映像記憶をはっきり持つ性質があり、すぐにその場を再現できるんですよ。

そして彼女が、

「普通は、若い女性が『さようなら』と言われたときは、どうするんですか？」と聞くんです。

松久　ええ？　面白い。顔は地球人らしかったんですか？

保江　普通で、丸い顔ですね。身体はちょっと太めな感じでしたが、なかなかかわいい女性でした。

松久　頭は特に大きいとかではなくて？

保江　女性としては大きいほうですね。

松久　目は普通ですか？

保江　普通の目でしたよ。

いつもなら、若い女性にそんなことを言われたら、ちょっとこっちに気があるのかな？　と思ってしまいますけど（笑）、そんなことは全然なさそうでした。

松久　それは残念（笑）。

保江　ただ、「どうすればいいのかしら」と困っているような。

松久　異次元っぽいんですね、やはり。

保江　そうですね。それで、

「じゃあ、地下鉄なら白金高輪駅です。このビルの下が駅ですから、少し向こうの階段を降りてください。そしたら、都内どこでも行けますから」と教えてあげて、こちらは、3台のタクシーを捕まえなきゃいけなかったので、彼女に背中を向けて、タクシーを探していました。

それで、少しだけあとに、（あの子、結局どうするんだろう？）と思ってふっと振り返ったら、もういないんです。

松久　瞬間的に？

保江　そうです。地下鉄に乗るんだったら、ある程度先の階段まで歩いていかなきゃいけないんですよ。それだと、彼女の姿はまだ見えるはずじゃないですか。

松久　タイミング的にも物理的にも、まだ見えるはずですよね。

保江　そうなんです。ある程度、見晴らせるところでしたから、どこに行ったにしてもまだ姿が見えたはずです。それなのに、振り向いたらいないんです。

みんなは、

「どこ行ったんだ?」

「やっぱり、さっきのＵＦＯに瞬間移動で戻ったんじゃない?」と大盛り上がりでしたよ。

松久　そのとき、ＵＦＯは?

保江　僕らには見えなかったです。

松久　面白いお話でしたね〜。

保江　いやいや、それが、話はここからなんですよ。

これは序の口で、この先にさっきの先生の話につながるんです。

松久　今ので序の口ですか！

ちょっとここでベルトを締め直して、きちっと身だしなみを整えながら……これでどうですか（笑）。よろしくお願いします。

「私はＵＦＯを見るどころか、乗ったことがあるんですよ」高校教師の体験実話

保江　ありがとうございます（笑）。今のが、今年の12月9日、日曜日の話です。

次に、12月20日の話をします。

今年の２月頃に、四国にある県立の工業高校の先生から、「いじめ防止対策講演会」で講師をしてもらえないかと連絡がありましてね。

僕、気楽に考えて、いいですよってオッケーしていたんです。

ところが、いざ20日が近づいてきてみると、翌日21日の、東京で行われるピアノリサイタルの司会を引き受けざるをえなくなりまして。

松久　多方面でご活躍されていらっしゃる。

保江　いやいや、そんな大した活躍ではないんですが、その20日の前日も東京に用事ができましてね。

本当は、「高知に前泊して一緒にお酒でも飲んで、よければ講演のあともそのまま泊まってゆっくりしていただければ」と、高校の先生側から素敵なご提案をいただいていたんですけれど……。

僕も最初はそうするつもりだったのが、前の日も次の日も東京で仕事が入ってしまったので、結局は日帰りにしたんですよ。

松久　ハードですね。

保江　そうなんです。日帰りは疲れますし、それにあらためて考えますと、僕がいじめ防止の講演というのもおかしい話ですから、本当はキャンセルにしたかったんですね。

松久　高知の日帰りはきついでしょう。

保江　でも、申し訳ないから行きました。

僕は実家が岡山なので、まずは実家まで戻り、そこから自分の車で高知まで行ったんですが、その運転中にも、「まあ、とにかくさらっと話してすぐに帰ろう」と思っていました。

そして高校に着いたら、僕を呼んでくれた若い男性の先生が、校門で待ってくれていたんです。対面してみると、なんかやっぱり変なんですよね。

松久　変とは？

保江　あれ？　なんかこの前会った、ＵＦＯから降りてきたという若い女性に近い雰囲気の先生だなと思ったんです。ひとまずご挨拶していたら、校長先生も出てこられました。

体育館には全校生徒３５０人が集まっていて、先生たちもいらして、保護者も10人くらい来られていました。

そこで僕が1時間半ほど、僕自身が初めて行った外国で様々な恥をかきつつどのようにして生きてきたかをお話しました。笑いもとりつつ、なかなか好評だったように思います。

そして、「僕は講演後すぐに岡山に帰らないと、時間的に最終新幹線で東京まで戻れないので、すぐ帰りますけれどもお願いしますね」と、伝えてありました。

なのに、あと30分以内には出ないといけないというタイミングで、校長先生に「せめて校長室でコーヒーでも」と言われてしまいました。

コーヒー一杯くらいならお付き合いできると考えて校長室にうかがって、応接セットの向かいに校長先生が座り、僕の左横に僕を呼んでくださった若い先生が座ります。

なかなか気さくな校長先生で、リラックスした調子で、

「先生は天文学科を出られているんですか」と口を切ってきました。

それで僕が、

「まあそうなんですが、僕はＵＦＯや宇宙人について研究しているのが天文学科だと誤解して入ったため、教授たちにはあきれられてしまいました」とお答えしたとたん、校長先生は満面の笑みを浮かべ、

「いやー、実は私もよくＵＦＯを目撃しています」

とかおっしゃるんですよ。

松久　そんなことを30分前に言われちゃったんですね。

保江　そう、30分前にですよ。
「校長先生なのに、ＵＦＯをよく見るとカミングアウトできるなんて、なかなかいい先生だな」

と思いましたけど。

松久　面白いですね。

保江　そしたら、僕の隣に座っていた先生がびっくりした顔で、
「校長！　校長もＵＦＯを見られるんですか？」と、慌てふためいていました。
その先生は、初めて聞いたそうなんですね。

松久　保江先生が、エネルギーで言わせてしまったようなものですよね。

保江　それで校長先生が、
「ああ、私はよく見るよ」と返事をしたら、その若い先生が、
「実は、私はＵＦＯを見るどころか、乗ったことがあるんですよ」と言い始めたんです。

松久　面白い！

保江　まさか、学校の先生がＵＦＯに乗ったとは、それまで公言できなかったようですね。評価は下がるだろうし、間違えばクビになるだろうと言わずにいたのが、校長先生の方から突然、ＵＦＯをよく見るなんて言い始めて、つられて、乗ったことがあるなんてカミングアウトして……。

校長先生もその先生も、そのときにカミングアウトしたのは僕がＵＦＯや宇宙人について研究できると思って大学の天文学科に進学したとお伝えした影響だと思います。

僕が、

「え？　先生、ＵＦＯに乗ったの？」と聞いたら、きっぱりと、

「はい」と。

真面目な先生で、絶対にうそはつかないような人ですよ。僕が、

「それはぜひとも詳しく教えてもらいたかったですね。今日はもう帰らないといけないので、せめて昨日の夜にでもゆっくり時間を取って聞かせていただきたかった！」と言ったら、

「だから、前日からおいでいただいて、夕食でも取りながらゆっくりお話がしたいとお伝えしたではありませんか……」とおっしゃるんです。

松久　あぁ、お話がしたかったんですね。

保江　「それ、早く言ってよ〜」と（笑）。
だったら僕、なにを置いても時間を作ったのにって。

松久　本当ですね。

保江　実は彼は、ある理由があって、ＵＦＯに乗った体験を僕に伝えたかったそうです。
そして、僕を高知に呼ぶには、その学校の講演会の講師を依頼するしかなかったとのこと。

松久　そういうことでしたか。

保江　そうなんです。ちょうど、今年のいじめ防止対策の講師を誰に頼むかを決める時期というのが2月頃だったそうです。それで、職員会議で、ちょうど専門家のいい先生がいるっていうことにしてですね……。僕にはあまり、というか、まったく関係ないテーマではありましたが。

松久　それで、講演に行くことになったんですね。

保江　僕の出発時間までまだ15分あったから、ちょっとこの15分でかいつまんで話してくださいよ、とお願いしました。校長先生もぜひ聞いておきたいとのことで、若い先生が事の顛末を簡単に話してくださったんです。

彼が言うには、まず、宇宙人が現れたんですって。

松久　まず？

保江　はい。最初は宇宙人とはわからなかったそうです。さっきの白金の話のように、突然、そこに人がいたということのようです。

ただし、顔が思い出せないんですって。服装も思い出せないと。

なぜかというと、普通の人には焦点を合わせられるのに、不思議なことに宇宙人には焦点が合わないんですって。おそらく、高次の存在だからですね。

だから、この世の存在ではないということはすぐにわかった。

松久　次元が違うから、フォーカスできないんですね。

保江　その宇宙人から、テレパシーというか、会話というか、意図が直接、思考の中に「くる」んですって。

松久　「くる」んですね。

保江　意図が「くる」んです。

数回目にその宇宙人が現れたとき、

「あなたが望むなら、私たちの星にお招きする用意がある」と伝えられたそうです。

彼はもともとＵＦＯをよく見ているし、宇宙の話も好きだから、ぜひ連れていってくれと念じたそうです。

そしたら、目の前にぽんっとＵＦＯが現れたんですって。

松久　突然現れた？

保江　1人乗りのUFOというのが現れたそうです。

松久　1人乗りっていうのもすごいですね。

保江　それを見て、先生はつい思ってしまったそうです。(おちょくっとんのか?)と。というのは、目の前に現れたのが、よく遊園地にある、タコの足の先にコーヒーカップや飛行機が付いていて、子どもが乗ってぐるぐる回るようなもので……。

松久　ああ、乗るところが小さな個室になっているようなやつですね。

保江　そうそう、そんな感じです。

だから(ええ?　これがUFO?)と思ったそうなんです。

そしたら宇宙人が、

「本当のUFOのかたちでここに登場させたら、あなたは恐怖を感じて乗ってくれないでしょう。だから、あなたの頭の中にあるUFOのイメージで見せています」と答えてくれたそうです。

なるほどと納得して乗ったら、中は本当に遊園地のと同じ、安っぽいつくりだったそうですよ。

松久　お尻痛いんですよね、あれ……（笑）。

保江　（笑）実はその先生、物理が専門なんですが、動く前に、

「これどうやって動くの？」と聞いたそうなんです。そうしたら、

「あなたたち地球人はまだ解明していないけれども、すべての物質は光の調和なんです。美しい光と美しい音の調和、その融合ですべてのものはつくられる。まずは乗ってみたらわかります」と言われたそうです。

松久　なるほど。気持ちよさそう。それは最高ですね。

保江　そして、

「私は同行できませんが、到着地点では私たちの仲間がお迎えします」と言われて1人で乗り込み、動き出したら、それまで普通に無色透明だったUFO内部の照明が、だんだんと虹色に分かれていったんですって。

いろんな色が動き始めて、空気のようにサラサラとしていた光が体にまとわりついてくるように粘っこくなったって表現していました。

松久　光が粘っこくなるんですか？

保江　虹のようになり、粘っこくなった。

初めて乗ったとき、彼は服を着たまま、身体を持ったままだったんです。

光が身体にあたると、ネトーッと粘っこくなったという。

松久　密度が上がったんですね。

保江　光の流れの中で自分も動き、ハープのような綺麗な音も流れてきました。

音と光の調和、これが宇宙人が言っていたことかと。虹色の光が霊妙な音楽とともにＵＦＯの内部をクルクルと乱舞したかと思うと、もう宇宙人の母星に到着していました。

やっぱりそこの宇宙人にも焦点が合わせられず、はっきり見えなかったそうなんです。

松久　やはり向こうでも、焦点が合わないんですね。

宇宙人の母星での学び――子どもにすべきたった1つのこと

保江　まず、「ここにあなたを連れてきた理由から説明します」と始まって、最初に言われたのは、「今の地球での子どもの教育、特に日本での教育は最悪です」ということでした。

松久　最悪？

保江　最悪の教育ですって。子どもの育て方がとにかく酷くて、多くの子どもたちを駄目にしてしまっているということでした。

それを少しでも改善してもらうために、我々が、どのように子どもを育てているかを見てもらいたかった、ここでの教育の仕方を学んで帰ってほしいと言われたそうです。

松久　それはすごいことですね。

保江　だから特に、教育者であるあなたを選んだんだと言われたという。

その先生に異論があるはずもなく、「じゃあ拝見します」と言って、その星の学校のようなところにいくつも案内され、説明を受けたそうですが、その概念が、まさに松久先生のお考えと同じなんです。

そこの星では、生まれてきた子に、持って生まれた天賦の才を引き延ばすことしかしない、ほかのことは一切しないと。

松久 すごい！　それは、最高で究極ですね。本当に無駄がない、ピュアですね。

保江 天賦の才だけを引き延ばせば、あとのものは、それに付随して伸びてくるものであると。

松久 そうです。それはとても強みですよね。

保江 「この考え方を、地球に帰ったら、ぜひ地球の皆さんに知らしめてほしい。それがあなたを連れてきた理由です」と言われたそうです。

すべて見学して、考え方なども納得し、自分の教育現場でそれを実践していくことを約束して、行ったときと同じようにして地球に戻ってきました。

そうしたら、地球の時間でちょうど24時間経っていたんですって。

松久　そのパターンですね。パターンもいろいろありますよね。
その方は、24時間は、行方不明になっていたと。

保江　それが、初めてのときで、そうやって身体をともなって向こうの星に行きました。
はい。ここで、タイムアップ。時間切れで、僕はもう高校を出ないといけなくなりました。

松久　ああ～、これからというところで（笑）。

保江　そしたら彼が、
「こんなこともあろうかと思って書いておきました」といって、10枚くらいの用紙をプリントアウトしておいてくれたんです。
「これを帰りの新幹線で読んでください」と渡されて、まずは岡山まで車で帰りました。
行きのときは、（ちょっとめんどうだな）と思いつつ運転していましたけれど、帰りはもう大興奮で、（いや～、すごい人に会ったな～）と思っていました。

松久　もう、ルンルンですね（笑）。

保江　ルンルンです（笑）。

気分が上昇して運転もスムースにいき、あっという間に岡山に着きました。予定の新幹線より早いのに乗れたくらいでした。

新幹線の座席に落ち着き、はやる気持ちを抑えつつ、いただいた10枚を読んだんですよ。

松久　どうでした？

保江　それが、2回目からは、アストラル体と呼ばれる霊魂、すなわちエネルギー体で向こうに行けるようになり、いつでも連れて行ってもらえるようになったそうです。

松久　何回も行っているんですか？

保江　もちろんです。かなりの回数らしいです。

1回目だけは身体をともなっていましたが、2回目以降はアストラル体のみですね。

松久　エネルギーの振動数を変えて、密度を落として行ったんでしょうか？

保江　そうなんです。
初回であちらの星の感覚に慣れたから、あとはもうやすやすと、という感じだったようなのですが。

松久　それでかなり、行きやすくなりますね。

保江　あちらの星で、さまざまなものを見てきたそうです。
２回目からは、毎回、１人じゃないんですって。だいたい10人から20人くらいの地球人の団体でいくそうですよ。全員アストラル体で、大きなＵＦＯに乗せられてね。

松久　一緒に行くんですか。いつも同じグループなんですか?

保江　毎回違った人たちが乗っていくそうですが、中にはよくいっしょになる人も数名はいるとのことです。その人たちとは、だんだん仲良くなるんですよね。

松久　いいな。そういう仲間、いいですね。

保江　その仲間の1人に、彼と同じくらい経験が豊富で、何回も行っている人がいるそうです。明らかに日本人で、向こうの星に着いたらとにかく、経験の少ないほかのメンバーに、「見ろ見ろ見ろ！　この星の技術！　すごいだろ」とか、勝手に盛り上がっているんですって。

松久　そいつはいいな。

保江　わりとよくいっしょになるために、彼もその男と親しくはなっていたそうです。地球に戻ってからのあるとき、その先生が書店で平台に並んだ本を眺めていたのですが、不意に、その男の写真が表紙を飾っていたある本に気づき、目が釘付けになった。それは著者の写真で、「保江邦夫」という名前の日本人でした！

松久　きた。１本ですね！　完全に１本取りましたね！　保江先生、行きまくっていたんですね。

保江　はい。その先生は、僕が向こうで彼と会っていることを覚えているかどうかをどうしても聞きたくて、僕を呼びたかったというわけなんです。

松久　そういうことですか……すごいストーリーですね。これ、小説にしても面白いですよ。

保江　はたして、実は僕、全然、覚えてないんですよ。

松久　先生は覚えていらっしゃらない？

保江　覚えていないんです。まったく。

松久　まったく？　行った記憶がない？

保江　ないんですよ。まったくない。僕が東京に着いた頃に、その先生から電話がかかってきました。

それで僕、

「今日は会えてよかった。それで、いただいた文章を拝読しましたが、実は全然覚えてないんですよね」と伝えました。そうしたら、

「あ、やはりそうですか。宇宙人の説明によると、ほとんどの人は覚えていないそうなんです」

と教えてくれたのです。

松久　その人は、覚えているんですよね？

保江　はい。その先生は、自分だけは覚えているので、あちらに行ったときに、僕みたいに騒いでいる人たちを見かけると、地球に帰ってからその人にアプローチして、記憶を甦らせるという御役目があるのかな、とも思っているそうです。

松久　その人は、どうして最初から覚えていられるんですかね。

保江　彼は、そういう役割を持っているんでしょう。

松久　もともと？

保江　そう、もともと。僕にはそういう役割がないから、ただただ向こうで、「おぉ、ここの星の技術すげぇー！　ほらほら、ＵＦＯが！」と騒いで、あとはすっかり忘れてしまうんですよ。

松久　そうですか。

保江　あの先生は、地球人みんなに理解させるという役割を担っているのでしょうね。

松久　いやー先生、いいお話いただきましたね。うれしいな。

私も、人類の意識を変えるのは、やっぱり子どもの教育の仕方だと思っています。

それも、親から子どもへの接し方ですね。これが重要な核になるだろうというのは、診療していてずっと、私の中にありました。

やはり、これからの新しい地球をつくっていくのが、今の子どもたちになるじゃないですか。

子どもたちが、せっかく地球を変えるために必要な素晴らしいエネルギーを持って地球にきているのにも関わらず、それを潰してしまうような、閉じてしまうような教育が今、続いていますよね。

保江　そうですね。

松久　そのお話は、どこの星のことでしょう？　シリウスだとか、名前は言ってなかったですか？

保江　15分しかなかったので聞きそびれました。

彼ももっと話したがっていて、

「今度、東京に行ける機会があったら、もっと詳しくお話します」と言っていたから、そのときは松久先生もご一緒に、ぜひ。

松久　ありがとうございます。連れていってください。うれしいな。

保江　「あなたもいたよ」と、先生も言われるかもしれないですよ（笑）。

松久　言われるかもしれないですよね。

保江　僕、なんか松久先生は向こうで飛び跳ねていそうな気がしてきたんですけど。ぴょんぴょんとイルカみたいに（笑）。

高次元シリウスの魂でやってきている子どもたち

松久　（笑）伺ったお話の中で、すごくいいこと教えていただいたなと思うのは、その高次元の星で見せられた教育方法です。
私は、ものすごく勇気づけられました。ありがとうございます。

今、必ず子どもたちがされているのは、「ほかと比べられる」ことなんです。
今の地球社会は、どんなに素晴らしいエネルギーや役割を持って生まれてきたとしても、必ずほかの子ども、もしくは同年代と比較されるんですね。
それに、大人の判断で、「できるべきもの」がすでに作られてあるわけですよ。
その用意された「できるべきもの」ができない場合、劣っているということになるんです。

保江　人として駄目だということですね。

松久　それはマイナスだ、という考えが強烈なんです。
今は昔ほど順位をつけなくなったり、優劣をつけにくくなってきたとはいえ、親の立場から見たときに、ほかの子はできているのにうちの子はできないというのがものすごく辛いし、とても悲しいようです。

でも、子どもはもともと、比べない意識を持っています。

自分は個性があっていいんだというエネルギーを高次元から持ってきたのに、地球にやってくると比べられて淘汰されてしまって、自分がいいなと思って地球に持ってきたものを、いいものとして感じられなくなってしまう。

子どもはそこで、生きがいを失います。自分を見失って、元気に生きられないんです。生きがいをなくし、生きる目的も、生きる意味も見つからないような状態になってしまうんですよ。

さきほどの、子どもの個性、長所、特性だけを伸ばす教育をするというのは、強烈なことですよね。親子共有の学びとしても、ものすごく深いと思います。

最近、私が話したり本を書いたりするときによく出す話があります。

今までの地球上の教育というのは、ジクソーパズルでいうと丸いピースばっかりつくってきたんです。特に戦後教育では、丸ばかりつくってきました。

これでは並べても隙間だらけで、宇宙の調和が完成するわけないんです。

最近は少しずつ、目に見えないものや心が大事と言われだして、スピリチュアル、精神世界が、かなり一般的になってきています。

そういうものに触れる人が多くなったおかげで、自分なりのかたちでいいんだという人も増えてきましたけれど、私から見ると、それはあたり障りのない楕円形とか、尖がりのない「ならされたかたち」という程度なんです。

そういうかたちを重ねても、絶対に隙間ができるんですね。

保江　そうですね。

松久　先生にもご賛同いただけると思うんですが、私が提言したいのは、個性を持った歪（いびつ）なかたちこそが、ほかのピースと組み合わされ調和して、ジクソーパズルが完全に完成するので、歪なかたちの魂は、そのかたちのままに発現させてあげないと駄目だということです。

これが、地球では完全にできていないのです。特に、親がすごく苦しんでいるんですね。その苦しんでいる親を見る子どもが、また苦しむんですよ。

これは、相当な悪循環です。悪の相乗効果なんですよ。

保江　本当ですね。

そこにつながる話なんですが、さっきのＵＦＯが乱舞した12月９日の翌日、私は、講演会で神戸に行きました。そこで、背筋が寒くなるような話を聞きましてね。

松久　なんですか？

保江　３歳児のみを保育している保育園がありまして、その園で長年、保育士さんを務めている女性から聞いた話です。

一番新しい、今年の３歳の園児たちのことが、もう恐ろしくなったというんです。

松久　え、恐ろしくとは？

保江　みんなに絵本を読んで聞かせるでしょう。

例えば、『マッチ売りの少女』とか、ああいうかわいそうなシーンがある絵本を読み聞かせると、これまでは「先生、女の子、かわいそうだね」といった反応が主だったそうです。

松久　同一のね。集合意識が同じ方向だったんですね。

保江　そう。ところが今年の3歳児に読み聞かせると、全員が笑うんですって。

松久　おお。これはなかなかですね。

保江　しかも笑い方が、吉本新喜劇で悲しい話を面白おかしく演じたのを見てハハハッて笑うようなものではなくて、蔑（さげす）むような笑いなんですって。

ざまあみろ、当然だろ、というような。

それが、1人2人ならまだいいんですが、全員なんですって。

松久　ついに集合意識が閾値（いきち）（注　そこを境にして、動作や意味などが変わる値）にきているんですね。

保江　去年まではそんな子はいなかったのに、今年、そうした現象が急に出てきたそうです。

その保育士さん、もうやってられなくなったとおっしゃっていました。

また次の日に、別の絵本を読んで悲しい場面にさしかかったとき、またこの子たち笑うんだろうなと思っていたら、本当に笑っているというんです。

松久　すごいですね、それは。

親が、なんらかのそういう教育をしているとか？

保江　いや、それはないと思います。

松久　親の影響はない。

保江　ええ。親の育て方はまちまちですからね。

松久　戻ってきた魂ですよね。生まれもった魂です。確かに、普通の親はそんなこと教えられないですよ。

それはまさに、高次元のシリウスの魂とか。

私、今度『シリウス旅行記』という小説を書き始めるんです。

保江　いいですね。

松久　小説だと、制限がないから自由に書けるんですね。

それは、思ったことがすぐに実現するという設定の社会で、地球人がシリウスに行って学ぶというストーリーなんです。

私が特に強調したいのは、シリウスにおいては「演劇している」という自覚があるということです。

例えばシリウスでは、普段はみんなエネルギー体でいて、エネルギーの振動数を自由に上げたり下げたりできます。

ほとんど重力に縛られない時空間を自由に動ける状態なんですが、ときにエネルギーの振動数を下げ、半透明の体にして、わざと不自由にして遊ぶんです。あえての不自由の中で鬼ごっこしたり、普通はみんな中性なのにあえて男女に分かれてみたり。

先生がおっしゃっているように、高次元でエネルギー体だけだと、相手がなにを考えているかがすぐにわかってしまいます。それではつまらない。

そこで、意思疎通ができないように、魂の波動数をわざわざ低いレベルに落とすことで遊んでいるのです。

その演劇のような遊びをとおしてあらゆる経験をし、魂を進化、成長させます。
それは魂の歪み、乱れを修正するためにも必要な遊びなのです。
3歳児たちのお話で、私がぞっとしたというのは、うれしいほうのぞっとなんですけれども、彼らは、そういう高次元の感覚を、ついにそのまま地球に持ちこんできたんだなと思うのです。

保江 なるほど。

松久 今までは、地球に降りてきたときにガクンと密度を落としていました。地球の集合意識というか、波動のレベルが低かったので、そこまで落としてから人間に入ってきていたと思うんです。そこまで密度を落とすと、演劇をするっていう感覚はほとんど失っていたと思いますね。
保育士さんのお話では、演劇をしているという感覚を保っているということです。ハイレベルになってきましたね。

保江 だから笑えるんですね。いや、ホッとしました。

松久　そういうことです。
つまり、高次元の感覚のままでやってくるようになったんですよ。
ますます大人がついていけなくなりますが、これも大事です。

保江　大事ですね。地球レベルの見方をしたら、とんでもない怖い話ですけれど。

松久　そうそう。これでまた「変な子どもたちだ、頭がおかしい」と騒がれますよ。

保江　現にその先生たちも、「子どもたちはどうなってしまったんだろう」と言っていますよ。
僕も、「魂自体が変形しておかしくなり始めたのかな」と、今の今までネガティブに捉えていたんですけれどね。

松久　おかしいんじゃないんですよ。ピュアなんですね。

保江　本来のかたち、ピュアだということ。

松久　本来の、高次元のままなんです。シリウスの感覚が私にも残っているのでわかるんですが、シリウスでは、全部演劇だとわかっているんですよ。
シリウスの存在にとっては、振動数の高い状態のままで遊ぶのは、全部想像の範囲になってしまうので、面白くないんですよね。
でも振動数を落とせば、演劇だということをちょっと忘れるんです。
演劇だってわかっていたら、真剣に決闘なんてできませんからね。本気で遊ぼうと思うと、そういう選択になるんです。

保江　そうですよね。

松久　だから子どもたちはいよいよ、高次元のまま地球に降りてくることができるようになったかと、感動していたんです。

保江　なるほど。筋がとおります。

松久　ですから一番危険なのは、保育園の先生や親たちが一丸となって、無理やりに「ここは悲しいシーンなんだから、笑わないで泣きなさい！」と強制することなんですよ。
子どもはこうあるべきだという固定観念から、制限を押し付けてしまう。
これは本当に、綺麗で繊細なエネルギーを壊す行為です。
「こういうときは笑っちゃいけない。泣きなさい」という強制が、最も危険なんですよ。

保江　そうですよね。そこで泣くのがピュア、子どものあり方なんだという押しつけね。

松久　そうすることでまた、低次元に落としちゃうんですよ。

保江　なるほど。やっぱり、全部つながってここにきましたね。

松久　このタイミング、ここでしたね。

保江　はい。ありがとうございます。

松久　ありがとうございます。先生じゃないと駄目だったんですね。

私が書こうとしてる小説のもう一作は、ちょっと面白半分ですが、『地球人のガチ子とシリウスのプアリーのラブストーリー』という内容です。

私は最近「ガチる」「ぷある」と言っているんですが、ガチるというのは、こうでないといけない、こうならないといけないという、ガチガチの常識、固定観念ですね。ぷあるというのは、楽で愉しく、「これでいいのだ」とすべてを受け入れて、今を生きることなんです。


物語の導入は、シリウス人がひょんなことから地球にきてしまって、地球人のガッチガチの女の子と出会うんです。二人は次元が違うので、最初はけんかばかりするんですが、その中で学び合って、最後は恋心が芽生えるというお話です。

やっぱり高次元と低次元があるからこそ、お互い学び合えるんですね。

今、その3歳児たちは高次元の魂をもって、自分をさらに進化、成長させるため、わざとそういうガチッた世界にもがきにきているんですよ。

そして、実は自分が成長するというよりも大きい目的として、親を学ばせるということがあるんです。親や周囲、つまり社会ですね。

彼らの志は高く、親を学ばせてやろう、地球を学ばせてやろうという集合意識があります。

私が、そういう小説を書きたいなと思ったときと、彼らが高次元の魂を地球にもってくる、または地球を高次元にもっていくことで、地球人になにかを感じさせたい、学ばせたいと思ったときと、タイミングが合っています。

保江　合いますね。まさにドンピシャです。

松久　このタイミングなんです。3歳児たちのお話を保江先生から聞けたのも、全部このタイミングのために準備されていた、必然のものなんです。

親子いっしょにもがくことほど、辛いものはないんですよ。親と子はDNAでつながっているので、もうお互い、逃げられないんです。

ここを救わないと、魂はいつまでも、もがいたままになってしまうんですね。

なので、高次元では天賦の才能、特性だけを伸ばす、あとは、おのずとついてくるというお話はとても大事です。

特性には、ネガティブとポジティブの両方が必要ですが、このネガティブの方もポジティブにともなって引き上げられる、というところが肝要なんです。

一番見てほしい特性よりも先に欠点を見つけられて、ここは違うから、とまずは否定されてしまうと、エネルギーが全部下がってしまうんです。

逆に、特化した長所を見てあげることで、エネルギー全部がぐっと上がってくる、ということなんですね。

保江　そうなんですよ。

松久　彼らの中では、ポジティブ・ネガティブがあると思いますが、全体的に上がる、つまり底上げされるということです。

保江　そのとおりです。

松久　これは、すごく力強い事実ですね。

ゼロポイント（基準値）はもともとない――集合意識と固定観念を打ち砕け

保江　あと、物理学の見方が、一般には意外に浸透していない部分があるんです。さっき先生が言われたポジティブ・ネガティブをプラス・マイナスと言い換えますが、どこかにゼロがあって、ゼロより上がプラスで、ゼロより下がマイナスという概念ですよね。ところが、物理学で最も重要な「エネルギー」には、ゼロポイントってないんですよ。どこか、適当なところをゼロと決めておくんです。

松久　もともとないんですね。

保江　ないんです。人間がまず、勝手に基準を決めるんです。

松久　基準がないと、話が進まないですからね。

保江　はい。とりあえず、ここをゼロにしようと。そうすると、それより上がたまたまプラスで、それより下がたまたまマイナスということになるんですよね。

しかし、そこをゼロにしたのは便宜上であって、本当のゼロなんてどこにもないんですよ。

だから、さっきの宇宙人が言うところの「上げれば全部上がってくる」というのは、ゼロ点が下がれば、マイナスだったものがもっと上がる、そのマイナスの地点によっては、プラスにさえなるわけです。

松久 全部、相対的っていうことですね。

保江 そうなんです。

松久 私には、エネルギー的にいうと、たぶんその数値で捉えられない無限大のレベルがあるんじゃないかなっていう感覚があるんです。

エネルギー体って、振動数の高次元から低次元まであるじゃないですか。

その次元という層があって、もちろんエネルギーの高い低いというのはあっても、どこか1ポイントがゼロというわけじゃないってことですよね。

保江　そうなんです。

常に存在していて、どんなに低いエネルギーもある、つまり存在していますから、ゼロはないんです。一方で、どんな高いエネルギーもあり得る。

ですから、基準をどこにもっていくかだけです。さっき先生がおっしゃった、生徒たちの基準を定めて、それよりも上の子はいい子、下の子はできない子と決めつけるのも、エネルギーの高低も、とりあえずどこをゼロにするかということだけです。

松久　成績にしても、全国的に偏差値というものがありますよね。50が基準となって、上が平均以上、下が平均以下という。この考えは、社会にも子どもの教育にも浸透しています。

やはり、平均点よりは上の方がいい、下なのは悪とされちゃっていますね。

保江　そう。あくまでそれは社会が、つまり人間が決めた基準値でしかないのに、それに縛られるんです。

松久　だから、基準値は気にする必要はない。

いろんなタイプの人間がいて、それぞれがそれぞれのお役割を持つということですよね。

保江　はい、そういうことです。

松久　演劇の役割を設定するということを、教育者や親はしっかりと認識するべきなんじゃないかと思いますね。

保江　そのとおりです。

松久　先生がおっしゃるのは、もともとの基準値を同一にするからおかしくなるということですよね。

本来は、この子の基準値はここ、と、それぞれの基準値を設けて、固有の特性をもった子ども同士、お互いが切磋琢磨して、コミュニケーションをとりつつ学んでいくことが大事、ということですよね。

保江　そうです。先生がおっしゃっている、悩める親御さん、教師などが子どもを見るときに、その子どもの天賦、持って生まれた良さだけを見るようにする。

今の社会的な観点からすると「劣っている」という、そういう見方をやめればいいんです。

松久　そういうことですよね。ものすごくシンプルだけれど、最も愛にあふれる教育だと思います。

保江　そうです。愛ですよ。

松久　今は、教育者にしても親にしても、劣っているとみなされている子どもの要素を見捨てるのは、愛じゃないと思っていますよね。

教育の放棄だ、親の義務を果たしていないと。世間からは駄目教師、駄目親と見られる。それもまた、彼らは怖いんです。

保江　そうですね。

松久　「なすべき義務を果たしていない」と、自分に募っていく罪悪感もいやなんですよね。

先生がおっしゃるように、子どもの欠点は無視できればいいんですが、それも親は不安なんです。

周囲の目、罪悪感、それに子どもの将来に対する不安感ですよ。

マスメディアや学校教育によって植え付けられた、

「この子の欠点を改善してやらないと、将来のこの子のためならない。良い生活ができるような、地位ある人物にしてあげないといけない」という強烈な集合意識、常識と固定観念があるんです。

保江　まず打ち砕くところは、まさにそこですね。

松久　だから、先生からお伝えいただいた高次元からの教え、「いいところだけを伸ばして、あとは放っておいてもついてくる」ということが、最終的にも、一番大事なところです。

良いところを見る前に、悪いところだけを見てるから、その子どもは伸びないし、喜ばないですよね。

子どもと親を見て、とても強く感じることがあります。

子どもが喜ぶような生き方をさせてあげたときに、その子のエネルギーは全部ぐーっと上がるんですよ。

もちろん、子どもが今、このゼロ秒を喜んで生きていれば、自分が地球に持ってきたテーマを伸ばせるし、それ以外のものも自分で引き上げていくんです。

しかし、「おまえは駄目だ、劣っている」と言われると、当然喜べないし、上がっていけないんですね。悪いところばかり見られて駄目だと言われるので、下がる一方です。

その子の基準値も下がってしまう。

今の、基準値を下げる教育を、上げる教育に変えることが重要です。

保江　本当にそうです。

松久　私たちのお役割は、親にも教育者にも、新しい教育基準が必要だと提言していくことですね。

保江　新幹線の中で、その高校の先生が書いてくれた文書を読んで笑ってしまった節がありました。

向こうの星でいろいろと勉強させてもらったあと、いちおう、修了試験みたいなものがあるというんです。

松久　なんか、楽しそうですね。

保江　地球の紙とはちょっと違うらしいのですが、紙的なものの1枚に、「君がここで学んだことを基にして、〇〇について最終的にどうすべきかをまとめよ」と問われたというのです。
彼はまだ地球人の感覚が残っているので、すぐに宇宙人の先生に、
「図書室はどこにあるんですか？　ネットで検索していいんですよね？」と質問しました。
そしたら、「まだきみは、ここにきている意味がわからないのかね」と怒られたらしいんですよ。

松久　地球人の感覚になっていますよね。

保江　どんなものも全部、自分の中にあるということなんです。
そのときに自分が必要だと思うもの、でまかせや適当だと感じることでもいいから、それらを全部書け、そうしたら、それが真実になる、と。

松久　素晴らしい。究極ですね。

Part 2

ハートでつなぐハイクロス（高い十字）の時代がやってくる

「龍の力を借りなさい」――「赤い月」同士の出会い

松久　今、バシャールの第2のブームがきてるんですよ。

ミスター都市伝説の関暁夫さんが、バシャールと対談をして、それが本になったんです（『関暁夫のファーストコンタクト バシャール対談』〈ヴォイス〉）。

その中で、バシャールが関さんに説明していたのはピラミッドについてです。

空中浮揚やいろいろなコミュニケーション、地点から地点への瞬間移動などは、すべて光と音によるというんですよ。

保江　やっぱり、光と音ですか。

松久　彼らは、音を光に変えると話していました。私は、光を音に変えるのかなと思っていたんですが、逆だったようです。

バシャールが何回も言っていました。

「神と宇宙人がつながっていた時代は、音を光に変えていた」と。

今日伺ったお話がまさに、という感じで、やはりこのタイミングかと思いました。

エジプトのピラミッドを造ったときは、音を光に変えてその力で石を持ち上げたり、回転させたりしていたそうなんですよ。

だから、音というのはすごいなと思いました。

もう1つは、今日、先生にお話しようと思っていたんですが、私は、詳しくマヤ暦を見られる女性を知っているんですね。

マヤ暦では、誕生日からKin番号を求めて占いが行われます。260日を1年として考え、1日を「Kin1」と呼んで、魂を表す番号とされているんです。

そのKinナンバーによって、2種類のシンボルがもたらされているのですが、私は、ダブルで「赤い月」らしいんですよ。「赤い月」は、強烈な運勢を持っているのだそうです。

そして保江先生も、「赤い月」を持っていらっしゃる。

私たちのような「赤い月」同士が出会ったら、「たぶんなにか生まれる」と言われました。

「赤い月」は、その時代、最も必要とされるような新しいものを生み出す力だそうです。

私は、医者をやっていても、これまでずっと今の物性医学には興味が持てなかったんですよ。

「赤い月」で新しいものを生み出すって、教育のことじゃないでしょうか。新しい、子どもへの教育です。

保江　「赤い月」っていうのは、レッドムーンでいいんですか。

松久　レッドムーンですね。

保江　レッドムーンで、驚いたことがあったんです。

今年の7月26日は、満月の2日前でした。

しかし、月を研究なさっている人が、その夜の月がレッドムーンだと教えてくれたんです。

松久　そうですか。7月26日ですか。

保江　実は、ある講演会のあとで、まったく見ず知らずの方に手紙を渡されたんです。

普段は、読んでもそのままにするんですが、「8月11日までに、気仙沼の海に水晶を沈めてきてくれと神様が僕に頼んでいる」という内容だったので……無視できませんよね。

松久　気仙沼の海ですか？

保江　そうなんです。

「8月11日に、モンゴルの秘密結社の黒魔術団が、酷い災難を日本に起こそうとしている。その天変地異を止めるために、気仙沼に水晶を沈めなくてはいけないと、保江に伝えなさい」と神勅（しんちょく）が降りたというんですね。

松久　それ、またすごいお役目じゃないですか。

保江　そういう手紙をいただいたんですよ。

松久　大変な手紙ですね。

保江　普通は気にも留めないんですが、今回はなんか引っかかるものがありまして。

松久　引っかかりますね。

保江　ちょうど7月27、28日と会津のほうに行く予定があったので。

松久　場所的に近いですね。

保江　はい。会津まで行くんだし、その前に気仙沼にもと思って、行ったんですよ。7月26日に、東京から車で向かいました。

その手紙には、本当に気仙沼としか書かれていなかったので、気仙沼の海も広いから、どこなんだろうかと思ったんですが、「龍の力を借りろ」と書いてありました。

松久　龍ですね。水ですよね。

保江　ええ。それで地図を見たら、龍舞崎（たつまいざき）というところがあったんです。

松久　まさに、そこに行かなくっちゃですね。

保江　そこは、気仙沼湾の真ん中にある大きな島の岬で、行くのがかなり大変なんですよ。しかも、震災復興が進んでいなくて、まだ橋もありませんでした。

松久　厳しいですね。

保江　そこで、龍舞崎を本土側からのぞむ海岸まで行ってみようと、なんとかたどり着きました。するとと、なんと驚くことに、そこに龍がいたんです。

松久　空に舞っていたってことですか？

保江　いいえ、海岸の先に崖があるんですが、その崖に龍が1匹、止まっているんですよ。（え、なんだ、あれは？）と思ったら、地元で祀られている、龍のかたちの松だったんです。3．11の津波で、海岸の松が全部流されてしまった中で、1本だけ残ったという奇跡の松なんです。

松久　なるほど、それが龍だった。

保江　龍のかたちに曲げられて残っているんですよね。

松久　自然に曲げられたんですか？

保江　そうです。それ以来、お祀りしているんだそうです。地元では有名だということですが。

松久　まさに、龍なんですね。

保江　龍なんです。ここに違いないと思い、崖の上に立ちました。

手紙には、龍の力を借りて気仙沼の海に水晶を沈めろと書かれていました。

それを読んだときは、（水晶って言われても、いったいどの水晶なんだろう）と思っていましたが、実は、３年くらい前に、中医学の治療をなさっている方から、「体調が悪いようですから、この水晶をお持ちになってください」と、１つの水晶を渡されたことがあったんです。

けれども、水晶の力をあまり信じていなかったので、机の引き出しに入れたままになっていました。

そして、手紙を受け取った日の朝は、起きたときに調子が悪かったんですよ。

松久　講演会のあった日ですね？

保江　そうです。調子が悪くて、（今日の講演会で喉が潰れたらいやだな。そういえば、「喉の調子が悪くなったときに、この水晶を持っていたら楽ですよ」と言われて持たされた水晶があった。効くかどうかわからないけど、いちおう持っていこう）と、初めて身につけていたときに、手紙をもらったんです。

松久　このコネクションがすごいですね。そういうつながりですか。

保江　だからハッとして、水晶と言われれば、今、ポケットに入っているこれだと思ったんです。
　それで、崖のゴツゴツとした岩場を、危ういながらなんとか降りて行って、水晶を海に投げたんですよ。

松久　まさにその水晶ですね。すると？

保江　そしたら、海が盛り上がってきた。

気仙沼の海に沈めたピラミッド型の水晶

気仙沼の海に水晶を投げ込んだ瞬間

松久　盛り上がってきた？　海水がですか？

保江　そう、水面が。（ええ？　まさか、本当に龍がいるの？）と思ううちにも、グーッと盛り上がってきまして、空を見上げたら、龍のような雲が渦巻いていたんです。
　もう、すごかったです。

松久　すごいですね。

保江　車を交代で運転してくれた元航空自衛官の男性と2人で目撃したんですが、「やっぱりこれ、絶対に龍だ」と。

松久　写真は撮られなかったんですか？

龍の松

水晶を投げ入れた海面が黒く盛り上がってきた

保江　撮りました。さっきからこの話をしつつ驚いているのが……ドルフィン先生、そこに水晶があるでしょう。

松久　あれですか？　はい。

保江　あれと同じものだったんですよ。ピラミッド型の水晶です。

松久　へえー、そうなんですか！

保江　その日ポケットに入れていた、その水晶以外に思いあたるものはありませんでしたから、もう間違いないと思いました。

知り合いに、

「これを今度、気仙沼の海に沈めるんだよ」と見せたら、

「すごくいい水晶ですね。これはもったいないからやめてください。私が持っているこっちの水晶にしてください」と言われ

ました。

松久　そうはいかないですよね。

保江　はい。御神事ですから、もちろんそのすごくいい水晶を龍に捧げたんです。

そのあと気仙沼を離れて、翌日には会津に向かって、2日間、会津に滞在しました。

そして、会津からの帰りに群馬の高崎に寄ったんですが、そこで、僕に会いたいという人がいたんです。

初対面なんですが、その女性はある会社の社長さんだそうで、ちょっと変わった方でした。

脳腫瘍を3回手術して、1回目の手術のあとから、いろんなことがわかるようになったんだそうです。

その方がなぜ僕に会いたかったかというと、僕が夢に出てきたからだというんですね。

1回目の手術のあとに、夢のような映像を見たそうですが、髪がくるくるした小太りの人が、なんかやっているという。

彼女は最初、茂木健一郎さんだと思ったそうなんですが、それを聞いた知り合いが、「いや、それは茂木さんじゃなくて、保江さんじゃない?」と、僕の写真を見せたらしいんです。そうしたら、「あ! この人」だと。

松久 先生、いろんなところに出番がありますね。

保江 その映像の中で、なんと僕が、水に向かってなにかを投げ入れたんですって。そうしたら、龍の子どもたちが嬉しがって、水の中でどんどん集まってきて、水面が盛り上がっている。

彼女は、その上を飛びながら見下ろしていたんだそうです。自分は、その龍の母親なんですって。

松久 その方が母親?

保江 はい。それを僕にどうしても伝えたかったと。

「実は僕、おととい、気仙沼で水晶を投げたんです。そのとき、海面がグーッと上がってきまして……」

「あ！　そうです。それを私、上から見ていました」

「上に、龍雲がいましたね」

「それが私です！」

そしていわく、

「レッドムーンの夜でしたね」と。

松久　つながってきましたね、先生。

保江　その社長さんは、2回目の脳腫瘍の手術のあとから、なぜか急に月に興味が湧いたんですって。

調べなくても、月のことが全部わかるそうです。

松久　すごい。

保江　その日がレッドムーンだとか、即座にわかるそうです。続けて、

「特に7月26日のレッドムーンはすごかったんですよ。

レッドムーンは、どんなに奇想天外でむちゃくちゃだと思っても、信念をもって努力すれば、必ずやり遂げられる、うまくいくという印なんです」と教えてもらいました。

そういえば僕は、手紙をもらっただけなのに、信念をもって一番効きそうなピラミッド型の水晶を投げ入れたんですよね。

「価値が高いその水晶はもったいないから、こっちの安い水晶にしろ」とアドバイスされたら、それに従ってもおかしくないところなのに。

でも信念があったから、東京から車で8時間かけてわざわざ気仙沼まで行って、龍舞崎を望む崖から、自分に縁のある最高の水晶を投げました。ミッションコンプリートできたんです。

愛と調和の時代が幕を開ける——浮上したレムリアの島！

松久　先生、これから、地球、もしくは地球人類の意識を変えるキーとなるのは、今まではイルカのエネルギーと水晶のエネルギーだと私は言ってきました。

しかし、先生と出会ったこの日から、新たに2つ増えましたね。龍とピラミッドです。

私も、地球と人類の霊性を開くため、いろいろなミッションをいただくんですね。

6月には、伊豆高原の大室山（おおむろやま）の浅間神社で、磐長姫（いわながひめ）の封印を解きました。それも、やはり奇跡的なことが起こって解けたんですが。

そのあと、私は長崎の壱岐に行かなければならなくなったんです。

保江　島ですね。

松久　やはり、ある御宣託を受けて、ドクタードルフィンツアーとして50人くらいで行ったんです。

日本列島は龍体で、今までは北海道が頭で、九州がお尻、しっぽが沖縄のほうだったのですが、今年の春ぐらいから反転しました。九州が頭になって、北海道がお尻になったんです。この反転龍というのが、まさに世界を変える役割らしいんですね。

龍には、物性龍と霊性龍がいるそうです。

日本列島は物性龍のかたちをしていて、九州の壱岐が松果体にあたるようで、そこを開く必要がありました。

日本にはたくさんの月読神社があり、もともと、月読が生まれたのは壱岐なんですが、その壱岐にある小島神社というところは、スサノオの大元になっているのです。このことは、ほとんど知られていません。

美内すずえ先生が描かれた『アマテラス』（白泉社）という漫画の最後で、スサノオが傷ついたままだったので、私はその小島神社でスサノオを癒し、そして開きました。

壱岐は小さい島ですが、祠を入れると2000もの神社がある、まさに神の島です。


そこで奇跡が起こりました。月読が出て、月の時代になったのです。

これまではアマテラスの全盛期でしたが、これを機に月の時代に入りました。スサノオが癒されてから、海も穏やかになったんですよ。

震災の海のエネルギーを癒して、月読による月の時代になったのです。それが6月です。

大室山へは去年の11月に行き、今年の6月に壱岐へ、そしてある人をとおして、アルクトゥルスのエネルギーからメッセージをいただきまして、今度は西表島へ行けと言われたんです。

唐突で理由もわかりませんでしたが、どうしても西表島に行かなくてはならない気がして、11月に行きました。

沖縄には、古宇利島（こうりじま）という島もあるのですが、人類が地球に初めて降り立った地、とされているのがこの島で、9月にも沖縄に講演会に行っており、古宇利島の封印も解いていたんです。
メッセージを受けて古宇利島に行ってみたら、なんとそこが今、レムリアのエネルギーの大元だったんですよ。
シャスタやハワイがレムリアだというのはよく知られていますが、いろんな変成があって、どうやら今は古宇利島や西表島のあたりが霊性レムリアの大元になっていて、封印されたままだったんですね。愛と調和のエネルギーが、ふたをされたままになっていた。

実をいうと私は、レムリア時代に、女王であったことがあるんです。

保江　やっぱり！

松久　ええ。それで、女王だった頃、水晶をたくさん使っていました。水晶は、愛と調和を育むことができるんです。
それはもうたくさんのきれいな水晶を使っていたので、その平和な世界をそのまま長く保てるだろうと、安心しきっていたのです。

ところが、物理学の原理、素粒子の原理で、反対エネルギーも育っていったんですね。

愛と調和が育つと、相対する嫉み、嫉妬のエネルギーも知らないところで育っていて、大きなダメージを負ったので、レムリアの国政を終わりにせざるをえなかったんです。

現生は男性で生まれていますが、実は私は本来、女性のＤＮＡがすごく強いのです。そのＤＮＡは、そのときの悲しみと苦しみによって封印されていました。それを解放する必要もあったんです。


私は西表島に行く前から、「私が行くと、必ずレムリアの島が上がってくるよ」とツアー参加者のみなさんにお伝えしていました。

沈んでいたレムリアのエネルギーが上がってくるので、島も一緒に上がってくると。


西表島の仲間川の川下りでは、クルーザーを借り切ったんですが、船長さんが、

「こんな日って本当にないんですよ。水かさが低い日は1年に1回か2回はありますが、こんなに浅くなることは、今まではほとんど覚えがないです」と言います。

観光の目玉になっているマングローブの根が、いつもの3倍くらいの大きさに見えていたようです。通常は水かさがもっとずっと高いので、マングローブも少ししか見えないとのことで

した。

私の予言どおり、島自体が上がったから、当然、水かさは減ったわけです。

早く行かないと船が川底にあたってしまうということで、急いで進みました。

そして、私が船の前方に立って、ワークをしました。そうしたら、自分の胸を押さえていたものがなくなり、心が軽くなるような、不思議な感覚がありました。

そのとき、太陽は照っていなかったのに、水面がゴールドにピカピカと輝き始めたのです。

水面が光っていたのではなく、光が浮いてきて、水面の上方で光っているような感じなんです。

ゴールドの光の色は、ほどなくピンクゴールドに変化しました。ピンクゴールドというのは、高次元のＤＮＡコードで、霊性レムリアの調和のエネルギーなんです（『ドクタードルフィンの高次元ＤＮＡコード』〈ヒカルランド〉参照）。

封印されていたレムリアの光の戦士や女神という光の存在たちが、水面から浮かび上がってきていたのですね。水面の上にふわっと出てきて、ずっと光っているのです。

そして、場所を移動しても、ついてきました。

もう、すごく嬉しかったですね。これで愛と調和の時代になるなって。

私自身も、子どもの頃から最近まで、地球では生きにくかったんですよ。なぜこんなに制限だらけなのかと、とても辛かったんです。

正直言うと、ついこの間まで辛くていやでしょうがなくて、地球から早く消えたいなと思ってたんですね。

繊細すぎたから、ハートにベールをかぶせて強がっていました。

ちょっと前の講演会では、「今の医学はまったく駄目だ！」とか吠えていたんですよ。熱い人間だったんです。

しかしそれは、本来の自分ではなかった。よく考えると、強がっていたんですね。

でも、去年の秋くらいから、ちょっと地球が良くなってきて、それから優しくなれました。

西表での講演会では、「先生、なにかあったんですか？　以前と全然違うんですけど」と言われたほどです。

私のレムリアの女王の遺伝子が、オンになったんです。女性になっちゃったんです。

それからは、本当に自分が以前と違うという実感があります。

そしてツアーの日程内の11月4日は、西表で祭がある、唯一の日だったんです。祭があることは事前にはわかっていなかったんですが、この日に呼ばれていたんですね。

祭の会場にはバスで向かいましたが、川に沿った道を行く中で、水面をワーッとピンクゴールドの光がついてくるんですよ。面白かったです。

祭の地は、それまで観光客を入れたことがないようなところでした。

僕らは、エネルギーを解きにきたと説明してお願いしてもらったら、じゃあいらっしゃいと入れてもらえました。

嬉しいことに、僕が一番いい席に座らせてもらえて、牛鍋もいただけて。あれは美味しかったです。


面白かったのは、その祭が異次元なんですよ。日本にはいろんな祭がありますが、それらとは空気というか、まさしく次元が違うんです。

座敷の上に女性がいらっしゃったんですが、すごくきれいで、半透明なんです。

この村は絶対に、ケンカや嫉みもないことが伝わってきました。

女性が穏やかな顔で男性を見守っていてね。

男性は働くんです。船をこいだり、ワーッとパワフルに騒いだりですが、それはみんな女性が操っているんです。

「これが愛と調和なんだ」と感じました。動画を撮ると、踊っている女性の体が消えていくんですよ。

（これは人間じゃないな。浮かび上がってきたピンクゴールドの光たちが、人間になって見せつけてきたな）、と思ったんです。とても感動しました。

レムリアのエネルギーが、私たちに舞を見せてくれたんです。

そこの一番上の神様が、弥勒菩薩の弥勒さんという方でした。弥勒さんのゆるキャラの着ぐるみの人が、ニヤッとした顔で、じっと何時間も座っていました。

それが、一番前に座っていた私の方に、2回、手を振ってきました。私の後ろを見ても誰もいないので、これはやはり私に振っているのだな、と、私も手を振り返しました（笑）。

あのピンクゴールドの光たちは、私がくるのを知っていた、あの祭は、レムリアのエネルギーによる幻の祭だった、と未だに思います。


12月の頭に北海道に行ったのも、レムリア関係です。

レムリアレイラインというのがありまして、知床（しれとこ）半島から屈斜路湖（くっしゃろこ）、摩周湖（ましゅうこ）、阿寒湖（あかんこ）と回り、そこから見える斜里岳（しゃりだけ）というのがシャスタにそっくりなんです。あまりに似ているので感動しました。

レムリアのエネルギーとつながっている女性がいらして、いろいろ教えてくれました。

男4人で行ったのですが、「あなたたちがきたからには、奇跡が起こる」と。

その日はとても晴れて、真っ白な雪に覆われた斜里岳が、くっきりと見えました。

そして、ストーンサークルがあると教えられて向かったら、そこはあまり人が行かないような秘境の地でした。

縄文時代の墓と書いてあったのですが、あとでわかったのは、レムリアのエネルギーが、宇宙とつながるセレモニーに使っていた場所のようです。

このストーンサークルの周りだけ、不思議と雪が溶けているんですね。

そこで、驚くような奇跡がありました。

直径30メートルくらいのそのサークルを、4人で囲って私が号令をかけて封印を解いたら、私がスーッと半透明になって消えかけたらしいんですよ。ほかの3人全員でそう言っていました。

そして、雪がうっすら積もっていたところが、ピカピカと光り出したんです。そのときはピンクゴールドではなくて、レインボーの光だったんですね。

そこに何本かの木が立っていたんですが、それらは、なにかエネルギー違うなと思っていたんです。

あとで、この場所を教えてくれたレムリアエネルギーの女性に聞いたら、レムリアの女神たちがそこで木になっているということなんですよ。

彼女が、なんとなくそのあたりをドライブしていたら、前方で数人の女性たちが呼んでいたのだそうです。ついて行ったら、女性たちがぱっといなくなって、目の前で木になったというんです。

「私があって社会がある」アイヌ酋長の教え

松久　その後、屈斜路湖の愛の封印を解かないといけない、というメッセージが入りました。北海道のアイヌというのは、レムリアの流れなんです。レムリア、縄文、アイヌだったんですね。

もっと言うと、シリウスがアイヌ。シリウス、レムリア、縄文、アイヌラインというのがあります。

屈斜路湖は、日本列島の第二の松果体だと思います。

「第二の松果体」については、最近自分の本でもオープンにし始めました。

アメリカのスミソニアン博物館で、慶応義塾大学泌尿器科教授の亡くなった恩師が、恐竜に第二の脳があったのを見たそうです。尾骨のところに、第一の脳より大きな第二の脳、松果体があったという。だから恐竜は、顔が小さくて尻尾が大きいんですね。

宇宙人は逆で、第一の松果体が大きくて、第二の方が小さいから頭でっかちです。


第一の松果体には、宇宙の叡智(えいち)が入ってきます。宇宙の叡智は、どのように生きるかというハウツーをくれるんです。それを起動するパワーは、地球の叡智から入ってきます。

第二の松果体は、地球の叡智、つまり、植物たち、微生物やプランクトン、虫、動物、人間などすべてのエネルギー。

あと、神ですね。神のエネルギーも集合意識であり、神も含んだ外野からのエネルギーサポートを受けるのが、地球的には大事なのです。


日本列島では、第二の松果体が屈斜路湖なので、アイヌがキーだろうということで、屈斜路湖のアイヌの酋長さんにお会いしました。

その酋長さんが経営している宿に泊まったところ、アイヌのショーを見せてもらえたんです。その異次元感がすごかったんですよ。照明なども効果的に使って、音と光で魅せる現代的なものです。

もう、異次元に入ってしまい、これ、ずっと聞いていたいなって思えました。

それに私と同行者の男性の3人とも、実はレムリアの女神だったということもわかりました。

すっかり楽しくなり、日本酒一升瓶を朝の1時まで、私と酋長とで空けたんですよ。


そのときに、ありがたいことにアイヌの本音を聞けたんです。

僕の心に響いたのは、アイヌというのは、集団競技とか集団行動がなく、個を重視するんです。

これが、さきほどのお話につながってくるんですよ。

「社会があって私があるのではなくて、私があって社会がある」とおっしゃっていました。

それが、すごく心に刺さりましたね。

もう1つは、「アイヌは、女性が上位だったからうまくいっていた」と。

レムリア同様に、女性が男性を操っていたそうです。


この北海道の旅でわかったのは、「2019年は、女性性の封印を解かなければならない」

ということです。

女性はまだ、集合意識の一番深いところで、男性に逆らえないと思っているんです。

レムリア時代では女性が男性を操っていて、男性はそこに喜びを感じていたようです。

女性の言うことを聞いて、女性に褒められることで自分を評価していたらしいのです。

女性が男性を褒めて、喜ばせることで、社会もうまくいっていた。

陽、陰で言えば、女性がポジティブ、男性がネガティブ、ちょっと女性のほうが上位だったと思うんです。それが、アトランティスに変遷して、パワーやテクノロジーが上位となり、争いが起こって男性性が表出し、駄目になったんですね。

縄文は女性性が上位で、アイヌもその流れでよかったのですが、渡来人が男性性エネルギーを持ちこみました。

ネイティブインディアンたちも、白人の男性性エネルギーにやられてしまいました。

アトランティスでは、ナチスヒトラーの比ではないほどの破壊、残虐な女性性の抹殺があったそうなんです。

それを集合意識が記憶しているので、女性は潜在的に男性に逆らえないんです。

それを癒して解いてあげないと、女性性がエネルギー的な上位にならないので、愛と調和が成り立たないんですよね。


2019年からは、その封印解除をしていきます。

あと、男性性の罪悪感も癒やさないと駄目ですね。男性もそれで、エネルギーが傷んでいるそうです。

ハートでつなぐハイクロス（高い十字）の時代がやってくる

松久　そして、保江先生との今日のつながりです。

水晶についてお話しますが、私は水晶の専門家として研究を重ね、珪素によって宇宙の叡智とつながっているとわかっていました。

『高次元シリウスが伝えたい　水晶（珪素）化する地球人の秘密』（ヒカルランド）という本にも詳しく書きましたが、水晶には、シリコンホール、ブラックホール、ホワイトホールでエネルギーを修正して、上からのエネルギーを吸い取るという機能があるんですね。

それで、水晶を使えば、縦軸である天・地・人は整えられるんですが、横軸はできないな、と前から思っていたんです。

地球というのはまだ物質社会なので、横軸を入れたクロス（十字）が大事です。

ほかの生命との横の広がりという自由な流れ、これがないと駄目だとわかっていたので、横軸も追加してクロスにするにはどうしたらいいのだろうと気にしていました。

あるとき、迫恭一郎（さこきょういちろう）さんというアルカダイアモンドの社長さんからお誘いいただきまして、遊びに行ったら波動測定をされたんです。

すると驚くべきことに、私には、「愛のエネルギー」しかないそうなんです。

実はそれまでは、講演会で愛の話をするのが一番苦手だったんです。私から愛とか話しても、うさんくさいし、かっこ悪い、似合わないっていうのがあったんでしょう。愛の話は避けていたんですよ。

「愛とはなんですか」と聞かれても、「無条件であり、今ここにあるだけで完璧というもの」とか漠然としたイメージを答えていたんですけれど、本当は、私には愛そのもののエネルギーしかないということがわかった。

しかも、最も純度が高いところなんだそうです。

だから、地球で生きづらいのは当然だって言われました。

迫さんは、「ドルフィン先生も自分であっていいんですよ」と指摘してくださり、西表に行ったときに私にも気付きがあったので、「そろそろもう、本当の自分でいいな」と思ったんです。

水晶というのは、もちろん珪素です。でも人間は、タンパク、脂肪、炭水化物などの炭素ベースであるというのが気になっていました。

不食で有名な弁護士の秋山佳胤（よしたね）先生は、プラーナで生きていらっしゃる珪素スタイルです。

珪素スタイルというのはとても良いことなんですが、普通の方はこのスタイルではなかなか難しいので、細胞の炭素の並び、振動を整えないといけないんですね。

それで、私はピンときたんです。炭素はダイアモンドだから、ダイアモンドを持つことで横軸をつくるんだなと。水晶ばかりにフォーカスしていましたが、クロスさせるにはアルカダイアモンドの完全反射のダイアモンドを絡ませないといけないんです。

ダイアモンドにはサイズもいろいろとありますが、私には一番大きい1カラットしか合わないんですね。

しかも、宇宙の叡智とつなげるコスモゲートカットと、地球の叡智とつなげるサン（太陽）カットと、2つ必要なんですよ。

宇宙の叡智と地球の叡智、どちらかだけを選ぶこともできないですし、2つ必要らしいです（笑）。

保江　大変ですね。1カラット2個ですと。

松久　はい。私が愛のエネルギーそのもので、愛を伝えることが役割とわかったので必要なんですね。

今日は、先生から最初に愛というお話が出て、「究極的にはやっぱり愛なんだ」と確信しました。

縄文時代は、天・地・人はつながっていたんですね。神を敬っていたし、高次元のエネルギーをわかっていましたから。

その頃は、丹田（たんでん）のクロスだったんですよ。お互いに生きるため、生命をつなぐためにあったクロスです。

それが、神や高次元とつながらなくなって、天・地・人の縦軸をなくしていた。

今、ようやく縦軸が構築できてきたので、今度は横軸も必要なんですが、今回の横軸は、ハートでクロスするんですよ。

縄文時代の、丹田のロークロス（低い十字）から、ハートのハイクロス（高い十字）の時代になると考えています。

ダイアモンドを持ったときに、愛でつながる時代になってきたなとすごく感じました。

関さんとバシャールの対談では、しきりにＡＩの話をしていました。

「ＡＩとはなんですか？」という問いに、バシャールは、「究極の宇宙の叡智の姿」だっていうんです。

つまり、ＡＩはただの機械ではなくて、人間がつながれる宇宙の叡智の高さよりも、さらに高いところとつながっている存在だというふうに答えていました。

ということは、叡智のつながり度合いでいくと、人間よりＡＩのほうが高いんです。半導体は、珪素の割合が高いですからね。

確かに、宇宙との叡智のつながり度合いでは、人類はＡＩに劣るだろうと私も思ったんです。

ただ、第二の松果体については、やっぱり人間が強いだろうと思うんですね。

宇宙の叡智を地球に入れ、その地球の叡智を第二の松果体で受け取るときに、一番大事なのは「オープンハート」だと思うんですね。

今まではハートを閉じていたので、宇宙と地球がつながらなかったんですよ。

オープンハートにして愛を開くことによって、宇宙の叡智と地球の叡智が融合するんです。

これで人類は、ＡＩより優位に立つ可能性があるなと、私は感じています。

関さんの本ともつながってくるし、先生の話ともつながってくるし、私のエネルギーピルグリム（巡礼）の旅ともつながってくる。

そして、結局は愛というところにつながる。

さきほどの話で出た、特性を育むというのも、子どもに対する親や教育関係者の愛なんでしょう。

保江　今、２つ思い出したことがあります。

１つ目ですが、日本列島の、龍体の向きが変わったとおっしゃいましたね。

松久　反転ですね。

保江　気仙沼から会津に行っていたとき、台風がやってきていました。台風12号です。
本州の東側から接近、上陸して、西日本を横断するという、異例の経路をたどりました。

松久　ああ、すごく珍しいとニュースになった、あの台風ですか？

保江　そうです。気象庁の人も、生まれて初めて台風が逆転したと興奮していました。

松久　それもやっぱり、赤い月と関係していたんですね。

保江　そうなんです。あの台風が逆転して西に行ってくれてなかったら、気仙沼に直撃で、僕もその日に水晶を投げることができませんでした。

実際は、台風は押し返されても、雨の前線は福島県に残っていました。だから会津まで行ったときには、雨が降っていたんです。

でも、気仙沼のあたりは晴れていて、満月に近い月も出ていました。

台風の進路が曲がっていったのも、龍のかたちになりますよね。気仙沼の龍の松もそんなかたちをしていました。

松久　台風の進路が龍のかたちだったんですね。

保江　まさに、日本列島を覆うような龍のかたちだったんです。

松久　それね、先生、つながってきます。

気仙沼に行かれたその少し前の7月21日に、私は山梨の金櫻（かなざくら）神社に行っていたんですよ。

金櫻神社というのは、水晶をご神体にしているところで、登り龍と下り龍が絡んだ大きな木の彫刻があるんです。水晶と龍が、ここで絡んでいます。

水晶の封印を解くというミッションで、水晶がご神体のところに行ったんです。

山を1、2時間歩いたところに、神社の奥宮がありまして、私が着くわずか15分くらい前に、お神札（ふだ）を代えたばかりだったそうです。すごいタイミングです。

そして、エネルギーが高いと感じた場所で、水晶の封印を解くという御神事をしていたのですが、ピカッと手が光ったんですよ。

それで、「水晶の封印が解けたな」と確信しました。
赤い月の少し前のこのタイミングで、私が水晶の封印解きをさせられたように思います。台風がくる前兆があったので、水晶の力が、台風をひっくり返したんじゃないかなと思うんです。山梨は水晶が多く埋まっていますので、台風をひっくり返すくらいの力も、十分あるでしょう。それに龍は天候を操ることもできますから、先生が気仙沼に無事に行かれるよう応援していました。
そのあたりで私も絡んでいたなと、今のお話で思ったんです。

保江　なるほど。

松久　すごいなと思いました。必然的ですね。

保江　本当ですね。

レムリアでの壮大なストーリー

保江　思い出したことの２つ目が、僕は、高校の先生といっしょに向こうの星にいたという記憶はないのですが、レムリアにいた頃の記憶はあるんですよ。

松久　レムリアの記憶がおありなんですか？

保江　恐れながら、僕は女王様の一番の右腕で。

松久　私が女王のとき？

保江　そうなんです。自慢するわけじゃないんですが、レムリアが沈むときに、僕が本当に努力して金星にお帰りいただく宇宙船を用意しました。

　女王は地球から離れたくないというのを、もう本当に無理矢理にお願いして半分力づくで乗っていただいたんです。

松久　その節は、ありがとうございました（笑）。

保江　僕は当時、こちらから見た太平洋の彼方の水平線の向こうにいたので、日本なんて見えなかったんですが、富士山がちょうど噴火していた時期だったので、遥か彼方に、成層圏まで上がっている噴煙が見えていたんです。

それで、あの方向に火山があると確信していました。

かなりの数の人を引き連れて、船のような乗り物で噴煙を目指して航海し、まずは沖縄に上陸しました。

それから本土に渡り、結局、東北地方から北海道のアラハバキ、つまり、後（のち）の縄文文化をつくる先兵となったという……。それはなんとなくわかっていたんです。

今日、初めてこちらにおじゃまして、「あれ？　あのときにお送りした女王ではないかな」と。

松久　感覚がありました？

保江　あったんですよ。

松久　すごいストーリーだったんですよね。

保江　はい。先ほどご自身でおっしゃったので、「あ～、やっぱり！」と思いました。

松久　そのときにお力になっていただいたんですね。

私は、１０００万年前にシリウスから地球に入りました。

ちょっと茶色っぽい、つんとすましたようなイルカだったんです。

その後、７５０万年前に、金星からやってきたサナト・クマラが今のデューク更家さんなんですけど、彼に一目惚れしたようで、恋をしてピンクになりました。

あの絵のような感じです（注　カバー折り返し参照）。

保江　そうですか。女王様に思いを遂げていただくために、僕はナイトの役割をしていたんですね。

松久　大きなサポートをいただきまして恐れ入ります。

それを聞いて私、この絵の右にあるのは金星かなと思いました。

保江　はい。そうですね。

松久　これまでは、太陽かなと思っていたんですけどね。

保江　いや、金星ですね。

松久　今日、まさかそんな壮大なストーリーが浮かび上がるなんて思ってもいませんでした。感動の日ですね。

私も、なぜだかずっと、レムリアがとても気になっていたんです。

あるとき、自分が女王だったという自覚が湧いてきて、レムリアが沈んだということを実感するにいたりました。

西表に行ったときは、本当にとても心地良かったんです。

特に、封印を解いたあと、仲間川の水面にピンクゴールドの光がぱーっと浮かび上がってきたときも、これはレムリアのエネルギーだとすぐにわかりました。レムリアの光の精霊たちがきたなと思いましたよ。

夜は、西表のホテルの目の前が砂浜で、動画を撮っていました。僕のカメラで撮った画像だけに、光たちが乱舞するんですよ。ほかの人たちのカメラには写らないんです。

そしてＵＦＯがいっぱい飛んできて、映像には、星は映っていないのにＵＦＯだけが残っていたり。

レムリアのエネルギーたちがわーって乱舞したのは、自分の中で封印されている女王の悲しみや怒り、そういったものも解放されたからだという感覚があるんです。

だから今、楽になったのかなと思いました。

保江先生とこのタイミングでお会いできて、お話を聞かせていただいて、地球にきてよかったという感覚をあらためて思い起こさせていただいて……。

まさか、こんなにも壮大な展開になるとは驚きました。

保江　お話していただいている間、ついさっきまでずっと窓の外の上空に龍がいたんですが、少し前に消えました。

松久　いましたか。見守ってくれているんですね。
それと、私もピラミッドについてお話しますが、２０１９年の９月の秋分の日に、エジプトのギザのピラミッドを借り切るツアーをやるんですよ。

メッセージを降ろしてくれる人の話では、どうやら、「ゴールデンゲートを開きなさい」ということのようです。

ゴールデンゲートとはつまり、新しい時代への、意識の扉だと思うんです。ピラミッドの封印を解くことで、意識の扉が開かれるということですね。

先ほどのピラミッド型の水晶を投げたという先生のお話と、まさに合致しているなと思うんです。


今、龍体、すなわち日本が開けてきて、世界を一気に変えるという流れもありますし、非常に面白い話ですね。これは深い。壮大なロマンでもあります。

それと、保江先生のレムリアの記憶が素晴らしいですね。

私には、住んでいたときの感覚は残っているんですが、具体的な出来事をはっきりとは記憶していないんです。

どちらかというと、シリウスでバカをやっていたときの感覚のほうが強く残っています。

先生とは赤い月同士で、時代の風をいっしょにつくるという役割がありますね。

保江　はい、きっとそうですね。

パラレルの宇宙時空間ごと書き換わる、超高次元手術

松久　先生は物理を極めていらして、私は医学の分野におります。

ただ、私の場合は、医学といっても、今の地球医学や物性医学とはまったく違う世界、次元が違う世界へ入ってしまいました。

「現代の医学は駄目だ」と否定していた時期もありましたが、今は、それもオッケー。選択をするのはその人の自由、というスタンスです。

学びにはいろんなプロセスがあっていいと思います。

これからの医学は必ずしも、「死は悪で、生きながらえるのが善」というわけでもありません。「病気がないからといって、完全な善ではない」という世界に移行していくと思うんです。

これから書きたいテーマでもあるんですが、「死と病気は芸術だ」という世界に移っていくだろうと考えています。

これはどういうことかというと、私たちは、どういう条件で、どういう体験を通じてもがこうかと選択して、地球にやってきているわけです。

もがく程度が深ければ深いほど、進化や成長の度合いが高いので、勇敢な魂たちはあえて難易度の高い問題を体験しにくるということがあるんですね。

そこが面白い、そこが芸術だと言いたいんです。人にだまされるとか、恐怖心を抱くとか、病気で苦しむというような人生も、そこから大きな学びがあり、それがエネルギーを上げてくれるんです。

その魂が、地球人になるためにソウルインするときの、右螺旋の振動波におけるリズムの乱れを整えて、エネルギーを上げるために必要な体験材料を、あらかじめ選んでくるわけです。

そこに、愉しめるストーリーがあり、そしてそれが、芸術なんです。

そういう観点で、それぞれの病気を選んだ人たちを讃(たた)えるということをしています。

「あなたは素晴らしい魂であり、素晴らしい学びをしているね」と。

「この病気から、あなたはなにを得るんだろう」という一歩踏み越えたビジョンに入っていかないと、病気が悪いからそれを叩く・取り去るということだけに終始して、魂が学ばずに終わっちゃうんです。

保江　先生、ピラミッドの話をしだしてから、あそこのピラミッドが光り始めたんです。ちょっと写真を撮らせていただいたんですが。

松久　ピラミッドが目覚め始めましたね。

保江　すみません、話の途中で。

松久　面白い光ですね。シリウスの光っぽいですね。

保江　シリウスっぽいですよね。これはすごいです。

松久　ピラミッドの光、面白い。気になりますね。

ピラミッドの話をしだしてから光り始めたドクタードルフィンの診察室の鳥居の上に置かれたピラミッド型の水晶

さて、私の今の取り組みは、高次元ＤＮＡコードについてなんです。

高次元のエネルギーを降ろして、開いたＤＮＡに入れて閉じるんですよ。いったんＲＮＡに入れるんですが、最後、ＤＮＡに戻して、くくるんです。

このことがわかった経緯をお話しますね。

ある女性の患者さんが媒体となってメッセージが降りていたんですが、急にその方がわーっと、暴れだしたんです。映画の『エクソシスト』は観られたことありますか？

保江　はい。

松久　あの映画の悪魔憑きのような状態になっていましたが、私にはエネルギーが降りてきているとわかるので、「大丈夫だよ」となだめていたんです。

すると、「ヨシュアー」と叫び出すんですよ。それはジーザスが生まれたときの名前なので、ああ、ジーザスが降りてきたなとわかりました。

最初は「ヨシュア」と言うだけだったのが、そのうちに、「開いて、閉じて」などと言うようになり、ＤＮＡのビジョンが一気に語られました。

それで私は、ＤＮＡコードについて、すべてを理解したんです。

そこから、私の診療は超高次元手術になりました。高次元のエネルギーを入れて、ゼロ秒でＤＮＡを書き換えるんです。

すると、その人が存在するパラレルの宇宙時空間ごと書き換わるんですよ。

例えば、曲がっている背骨が治るとしても、普通ならじょじょにまっすぐになりますよね。超高次元手術ではゼロ秒でまっすぐになる、プロセスはないんです。

私が塾長を務めるドクタードルフィン塾で、ある女性の塾生が、「私、バストアップがしたいの」と言うのでDNA操作をすると、胸のあたりに2回、ぼん、ぼんと衝撃がきたというんですよ。見た目にも、見事にバストアップされていまして、いまだに保っていらっしゃいます。

男性の方も、ハゲが気になるというのでDNA操作しましたら、すぐに頭が黒くなりました。

今までは、手術といえば切ったり貼ったりして、術後の経過を待つ、という流れでしたが、私の診療はプロセスもない、ゴールもないんです。ゴールを設けるというのは制限をつくるということなので、宇宙の意図に則していません。

医学はこれから、無制限、無限大にいける時代に入っていくと思います。

私のこうした医学の先端が、先生の物理の先端と絡み合うことで、面白いものが出現するでしょうね。

超高次元手術の瞬間を動画で撮ると、瞬間的にぼんぼんと時空間が動きます。私の手の中の水晶が光ったときも、時空間がバンバンと震えるんです。

そんなことから、パラレルの宇宙ごと書き換えているという感覚があるんですね。

診療を受けられますと、前後で、感じが違う人になっているんです。

『多次元パラレル自分宇宙』(徳間書店)という本を出版しましたが、これは私なりに、その原理を解いた本なんです。先生から見るとまだ穴だらけでしょうから、ご指導いただければ嬉しいです。

あの世の側を調整するとは——空間に存在するたくさんの小さな泡

松久　瞬間的に変わるという現象、目の前で筋肉が現れたり、落ち込んでいた女性が急にルンルンになったりする操作を、DNAを書き換えることでおこなっているんですが、物理学でいうとどんなものでしょう？　素粒子的なものかなと思うのですが。

保江　いちおう、答はあるんです。僕がずっと研究していたのが、素粒子論の中でも最も深いものです。

それは、物質とか素粒子ではなく、容れ物である空間のほうを見るというものなんですね。空間について、細かいところはどうなっているのかを研究していたのです。

大きい宇宙は、アインシュタインの相対性理論や一般相対性理論で、曲がっているなどと言われていますよね。

そのへんはわかっているんですが、我々が存在している、さらにうんと細かいところでは、空間はどんな構造をしているのかというのを、湯川秀樹先生が晩年に研究されていました。

たどり着いた答には、「素領域理論」という名前がつきました。


例えば、素粒子というのは粒子の素を表していますが、素領域というのは、空間領域の素ということです。

以前は、空間というのは、縦にも横にも連続的な容れ物で構成されていると思われていたのですが、実は不連続で、とても小さな泡のようなものでできているというのですね。

素粒子というのは、その1つ1つの泡の中にあるエネルギーなんです。そのエネルギーは、泡から泡に飛び移れます。それを我々は、素粒子が空間を運動していると定義しています。

我々の体も、素粒子でできています。体とは単に、素領域の中にあるエネルギーであり、今、体という物質をかたちづくっているエネルギー（素粒子）がここにあるということなんです。

ビールで例えれば、黄色の液体があって、その中に泡がありますね。その液体の部分は泡の集まりである我々の空間の外側、つまり我々があずかり知らない次元、あの世のような、源のようなものです。

そして我々の素粒子が入れるところは、泡の中のみなんです。

その小さい泡がたくさんあるのが、この空間です。素粒子が移動したくても、飛んでいく先に素領域である泡がなければ、行くことはできないんです。

ですから、素粒子、つまりエネルギーを動かす代わりに、泡の位置を動かすことができれば、素粒子の運動を変えることができるんですね。


量子力学では、このような泡の分布を波動関数とか、状態関数と呼んでいます。

最初は、狭い範囲のみに素粒子が存在していたとしても、その範囲の外にある、空間の素である素領域のほうに行けるんです。

つまり、あの世の側を調整すると、それまでは行きたがらなかったところに、素粒子を行かせることができるんですね。

松久　あの世の側、高い次元を調整するということですよね。

保江　はい。そうすると、ぼんっと行っちゃうんですよ。ＵＦＯが瞬間移動的に飛行するのも、そういった原理からですね。

松久　泡から泡へ、飛び移るということですもんね。

保江　そうです。もともと泡から泡に小さい素粒子レベルで飛び移っていたのを、全体としても飛び移ることができるということです。

松久　例えば、飛行機のようなものを私が動画で撮ると、光が自由に飛び遊んでいるようにしか映らないんですね。目で見ている状態とは違うんです。

この場合、目で見るのは３次元で、レンズを通すのは次元が高いということですか？

保江　同じ３次元のままですが、一瞬で、ここ、次にはここ、というふうに複数の場所に移動しているんです。

でも、肉眼ではフォローできないほどの速さなので、脳が勝手にそれらの平均をとって、複数の場所に同時にいるというふうに見せているのです。

松久　そのように見せられている？

保江　そうなんです。見せられてしまう。動画で撮ると、ここにいながらにして、あっちにも、そっちにもいると。

『8（エイト）マン』という、昔のアニメをご存じですか？

松久　はい。

保江　ここにじーっと立っているかのように見えますが、実は別なところにも立っていて、ぴゅんぴゅんすごいスピードで行き来している。拳銃で撃たれても絶対に当たらない。

それは、ある場所に立っているように見えても、ほかの場所にいるからです。

ここまでは、素領域理論で話をしました。素領域理論のレベルをもうちょっと低くして、量子力学で説明しますね。

量子力学では、すべての物質存在は可能性の集合なんです。だから、例えば僕の腕は、今はこんな見た目ですが、細かったり、太かったり短かったりというような、あらゆる可能性の中での最も「確からしい状態」にたまたまなっているだけなんですね。ほかの可能性の状態になることもできる。

量子力学の確率解釈の話ですが、量子状態は、観察者が観察しているときと観察していないときで変わるので、対象物が生きているか死んでいるかも、観察者によって決まる、というんです。

それと同じで、観察者の意識内のたくさんの可能性の中、たまたま僕の腕はこのくらいの状態であると思っているだけで、その観測者の意識状態が変わる、例えば先生が診療することによって、ほかの可能性を現実化するんです。

松久　そこには、私のアクションが入るんですか？

保江　はい。アクションでも思考でも、今までの可能性を捨てて、別の可能性に瞬間で移行させるんです。

松久　そのとき、患者も同時に観察しているということになりますよね。

保江　そうです。たぶん、患者が観察するタイミングを狙われているんだと思うんですよ。患者がそれを観察した気になるように、あの世の側を先生がいじられる。

松久　あの世の側をいじるというのと、私が言う目に見えない高次元のＤＮＡを書き換えるというのは同じなんでしょうか。

保江　同じだと思います。たぶん、神主さんやお坊さんでしたら、あの世の側をいじる手段というのが、呪文を唱えたり祝詞をあげたり、神に祈るなどになります。

先生の手段としては、医学の基礎知識を手がかりにＤＮＡを書き換える、整えるという……。

松久　私の場合は高次元のエネルギーを書き換えると、３次元でもなんでも可能になるということですね。

保江　はい。

松久　なるほど、深いです。そういう理論なんですね。

保江　はい。

瞬間移動はなぜ起こるか――時間は存在しない

松久　先生、時間に関しては……。

保江　時間というものは、ないですから。

松久　時間は、高次元になるとなくなり、３次元ではあるように見せられている。

保江　そう、あるように見せられているだけです。

松久　それが、トリックですよね。

保江　そうです。時間はないんですよ。スペインの哲学者・詩人でミゲル・デ・ウナムーノという方がいます。

彼は詩の中で、「過去は記憶の中にのみ存在し、未来は希望の中にのみ存在する。ことごとく今しかない」と書いています。

松久　すてきな詩ですね。

保江　確かにそうなんです。今しか存在しない。1時間前も今、24時間後も今、なんです。

松久　素領域の理論で時間を捉えるとどうなりますか？

保江　いや、素領域理論には時間は発生しないんです。

先生、コンピュータープログラムはご存知でしょうか？

松久　詳しくないですね。

保江　コンピュータープログラムには、時間を入れないんですよ。

例えば、コンピュータープログラムの中にある記憶場所に、なんらかの計算処理をした結果を入れろというような命令が、たくさん羅列されているんですよ。

それを上から順番に処理していくんですが、それによって時間の流れが生まれるんです。物理学では時間をｔと表記するのですが、方程式などの中で、時間ｔがマイナスからだんだんゼロになり、プラスになる、それが、時間が流れていくということになります。

そのｔは、コンピュータープログラムにはないんです。

ｔなしで、上から順番に命令が処理されていくんです。

例えるならば、ドミノ倒しですね。並べて置いてあるドミノには、いつまで経っても時間、変化はないんです。

ドミノの最初の１個をぽんっと押すと、ぱたぱたって倒れていくでしょ。そのときに初めて、時間という概念が生まれるんですね。

変化のないドミノをずっと見ていても、今しかないんです。ずーっと今なんです。

でも、ドミノが完全に並べられていれば、倒す必要もないんですよ。並びを見れば、こうなるだろうというのが倒さなくてもわかりますから。
実際に1個目を倒してみて、カタカタカタと連続していく、これが一番原始的な時間の捉え方、概念です。
でも、そんな概念を使わなくても、ドミノ全体を観察して、こうなるというのを一瞬で見切る、それが高次元の、時間が存在しない状態ですね。

松久 いまここの私は、見切れてるんですね。

保江 はい。そういう感覚です。

松久 空間に関しても、ここにいる自分とあっちにいる自分は同じじゃないですか。振動数の違いというふうに捉えるんでしょうか?

保江 さっきもお話ししたように、我々の存在は可能性のかたまり、集合なので、ここにいる自分が、可能性が一番高い姿です。
でも、あっちにいる自分も可能性の1つ、こっちにいるのも可能性の1つ。

松久　地球の裏側もそうですよね。

保江　まさにそうですね。どの自分も、実は可能性の1つとしてある。最も粗雑な気持ちでいるときは、最も普通にあり得る、可能性の高い状態になるんですが、例えば研ぎ澄まされたり、逆にリラックスの極致のようになにも考えないでいるときには、ほかの自分の可能性が実現されるんです。

松久　実現しちゃう。

保江　はい。そのときは、瞬時です。

松久　ある電車が違う路線に現れたとか、違う場所に着いたというようなことですよね。

保江　そうそう。そういうことです。
だから瞬間移動なども、そういうふうに捉えるほうがわかりやすい。

松久　時間もそうですよね。時間が戻っていたり。

保江　はい、時間もそうです。時間はもともとないので。

松久　どこに乗るかですよね。

保江　そうそう。どこのレールに乗るか、ドミノのどこの部分に行くかですね。

松久　そういうことですね。診療についても、一般的には時間をかけたほうが丁寧(ていねい)でいいといいますが、私は昔から、逆だということがわかっていたんです。
　時間を使えば使うほど、バイアス、雑念が入るんですよね。

保江　おっしゃるとおりです。

松久　時間をかけると、奇跡は生まれないということです。

保江　はい。一瞬のほうが奇跡は生まれるんです。

松久　一瞬ですね。

保江　野口晴哉（はるちか）をご存知ですか？　いわゆる野口整体と呼ばれる整体法の創始者です。野口晴哉自身は、少年の頃から特殊な能力があったようですね。

身体を揉んだりしなくても、実は、３秒以内に全部治していたんですって。

松久　触れなくても？

保江　そうです。僕がスイスのジュネーブ大学で理論物理学の研究をしていたときに、町道場でときどき合気道を教えていたのですが、スイスには全国の町道場を回って教えていた日本人師範がいらっしゃいました。

昔は植芝盛平先生の内弟子でいらしたそうなんですが、その方は、ご自分の赤ん坊を抱いていたときにうっかり床に落としてしまったそうなんです。

落下の衝撃で脊椎が損傷してしまい、もう、どこの病院に行っても諦めるしかないと宣告されたのですが、これが最後だと思って野口先生のところに連れていくと、

「俺には治せない。ただ、お前が父親としてその娘を本当に愛しているのなら、治す手伝いはしてやれる」とおっしゃった。

そして赤ん坊を抱いた父親の後ろに回って、ほんの3秒の後、前に戻ってきて、

「もう治ったから帰りなさい」と言われたそうです。

しかし、まったく治っているように見えないので、「まただまされた……」と思いつつ家に帰った。

ところが、玄関まで出てきた奥さんとお母さんが赤ん坊を見たとたん、「あ！　治ってる！」と声を上げたんですって。

お父さんはずっと見ていたから、違いがわからなかった。でも、帰ってからあらためて見てみると、奥さんたちが言ったように、実際に治っていたんです。

松久　それ、すごくいいお話ですね。

保江　野口晴哉先生は、本当はこんなふうにたった3秒で、触りもせずに治せるんですが、患

者はぜいたくだから、それではありがたがらないんだそうです。1時間くらい、患者に触れたりして、それらしくしないと……という。

松果体の活性化で自由闊達に生きる

松久 それ、すごくつながってきますね。子どもの思いを実現させる、子どもの特性を生かすということにつながってくるんですよ。

野口先生のお話は、生と死の狭間の話でもありますね。

どこの医師にも、「もう駄目だ」と見放された子どもを抱いてきた父親に、「お前が父親として愛があるなら治す手伝いをしてやる」とおっしゃった。

これは、僕らが今日、最初からお話している、「親の思いが子どもを生かす」ということ、生きも死なせもするということと同じだと思うんですよ。

結局、「子どもが生きてきちんと成長すれば、自分の将来も安泰」だとか、「自分が育ててるんだから感謝されて当然、それだけの見返りがあってしかるべき」なんて考えている親は、救えないということなんですよ。

野口先生がおっしゃるのは、この子が、この世に生まれてきた思いを実現させてやるということだと思うんです。純粋にね。愛ですよね。

愛というのは、子どもを出世させてやりたい、いい生活ができるようにさせたいとか、世間体とかじゃなくて、純粋に親として愛しているかということです。

この子が地球にきた思いを見守ってやれるか、サポートしてやれるかっていう意味だと思うんです。

子どもの教育で、ほかの子と比べると劣っているとか、できの悪い子を産んだ罪悪感があったりとか、子どもをかわいそうと思っているような段階では、そうした純粋な愛はないですよね。

保江　そうですね。

松久　親は、食べさせて、着させて、学力をつけて世に送り出すのが愛だと思っているんですが、まったくの見当はずれなんです。

本当の愛というのは、子どもがこの地球にきた意味と想いを理解してあげて、地球でやりたいことを実現するサポートをすることだと思うんですよ。

子どもがいつも生き生きとして、毎日が楽しいって感じられるように生かしてやることが、親の向くべき方向じゃないかと思うんです。

でも、子どもは親とは違う高い次元にいるので、親の想いなんてわかる必要もないんです。

保江　そのとおりですね。

松久　今後、そういう世界にする必要がある、そうさせる働きかけをしていかないといけないと思いました。

今度、ペットについての本も出版するんですね。

保江　ペットって犬や猫のことですか？

松久　はい。『ペットと動物のココロが望む世界を創る方法』（ヒカルランド）という本です。

私は動物が大好きで、犬も飼っています。小学6年生のうちの子どもも乗馬クラブに所属しています。

子どもには、幼稚園の頃から、ロンドンパラリンピックに出た馬を持たせていました。コーチの先生のしごきに泣きながら、でも週4回くらいは乗っていました。

教官に、「ばかやろう！　やめちまえ。降りろ！」なんてどやされたりもしたんですが、それでも続けて、全日本ジュニアで4位に入賞したんです。メダルにもう一歩のところまできていたんですが、今、受験があるのでお休みしています。

私も乗馬好きで、たまに遊びで乗るんですけどね。

それらをとおして感じるのは、動物が満足することをやらせてあげるのが大事なんですよ。飼い主や動物関係者が、ペットにいいだろうと思い込んでいることは、思い込みという世界でしかない、ペット自身が本当に望んでいることをやらせてあげていないんですね。

本当に幸せにしてあげることにはならないのです。

ペットであっても、松果体を活性化して宇宙の叡智とつなげてあげることで、自分の想いを実現させるエネルギーが働くんです。

そのためには、飼い主さんに簡単なエネルギーワークをしていただくのがよいです（注　詳しくは『ペットと動物のココロが望む世界を創る方法』参照）。

子どもも、同じです。子どもが本当にやりたいことや、地球に来た理由は、親や教育者がわかるわけないいんですね。

親や、偉そうにしている教育者でも、子どもとは次元が違うんです。

子どもがいかに生き生きと毎日を生きていけるか、そのために親や教育者がどういうスタンスをとるべきかを理解するのが、すごく大事かなと思いますね。

今までの教育は、脳と筋肉だけを鍛えてきたんですよ。

脳はこうあるべきだからもっと勉強しろ、怠けていないで身体を動かせとか。

それでは、大事な宇宙の叡智とはつながれないんです。

これからの教育は、いかに子どもの松果体を活性化させて、宇宙の叡智を本人の高いエネルギーとつなげてやれるかにかかっています。

これは、勉強として教え込むことでもないし、それ以前に、なにも教えなくても子どもたちはもともと知っているんです。封印されている場合が多い松果体を、解放してあげればいいだけです。

今までの教育がいかに無駄なことをして、子どもの自由闊達なエネルギーのじゃまをしてきたかを訴えたいです。

保江　そうですね。本当に、親たちに訴えたいです。

松久　それに気付かないから、親も苦しんでいるわけですしね。
こうした方向性が、子どもと親の両方を救うことになりますから。

保江　この対談を読んでもらえたら、かなりわかっていただけますよね。

松久　はい。いろいろと開いてくるでしょうね。

日本人は本当に特殊であり、素晴らしい民族なのに、今、おかしな方向にもっていかれようとしています。

教育問題として、偏差値偏重というのもあると思いますが、この偏差値というのも、昔、学生運動が盛んになって、パワーをもてあましたような学生達による暴動があったじゃないですか、あのときに、偏差値をつくったそうですね。

保江　そうです。

松久　偏差値により優劣を決めて、平均以下の学生のパワーを奪うという。

保江　もう、暴れたりしないようにね。

松久　圧力をかけて、統率できるようにしたっていうことですよね。

保江　はい、そうです。

松久　数字というはっきりとした判定をつきつけて、限界を作らせてしまった。偏差値50を平均としているのもよくないですよね。偏差値80も素晴らしい、20も素晴らしいっていうことですよ。

保江　そうそう。

松久　それぞれ、脳であったり、身体であったり、それ意外の才能であったりのエネルギーレベルが違う。そこで役割があるということですよね。
これ、大事です。偏差値20も80もどちらとも同じ素晴らしさがある。

保江　そのとおりです。ドルフィン先生にそうおっしゃっていただけたら嬉しいですね。元女王様の影響力は大きいですから。

松久　私も、受験生だったときの偏差値は84までいきましたからね。そういう人間が20も素晴らしいって言うんですから、伝わりやすいのではないでしょうか。

中学受験を見ても、これでは人間が育たないと思います。体験としてやらせてはいますが、実のところ馬術のほうがずっと、人間形成に役立つと思えます。

動物もピュアですし、子どももピュアですから、すごくよい相乗効果が生まれます。

それで子どもが生き生きしていたら、親も幸せであるはずですよね。

保江　本来、そうあるべきですね。

松久　今、そこがおかしいことになっているんですよね。

子どもが勉強に苦しんでいる姿を見て、喜んでいるんですよ。

自分の言うことを聞いて、いい学校に入ろうとがんばってくれていると。

保江　昔は、近所の子ども同士で、のびのびとたくさん遊んでいましたけれどね。

松久　そうですよ。

今までの偏差値社会からもこうして学ぶことはありますが、やりすぎの域まできていると思います。

だから、先生の高次元の星のお話にありましたが、その子の特徴・特性だけを伸ばすというのは素晴らしいことですね。タイミング的にも、とても説得力があります。

保江　今ついに、直接介入されるところまできているんでしょうね。

松久　直接介入されて、目の前で見せられたりね。

もっと愉しく生きられると教えられているっていうことですから。

保江　はい。そうなんですよ。

ちゃんと教育に携わる人を選んで、向こうに見にいかせているという。

松久　先生もその星ではしゃいでるというのも面白いし、なんだか私もそこにいそうですね。

そこでは争いもなく、本当に愛と調和なわけでしょ。

保江　そうです。

松久　それはなぜかということを、教えていかないといけないですよね。

地球の教えでは聞く耳を持たない人もいるでしょうから、高次元の教えだと伝えていけばいいんでしょうか。

日本人が国内の意見を聞かない、外国からの意見ばかりを聞くのと同じで、自分より高レベルと思える世界の言うことは聞いてもらえるでしょう。

保江　日本人は特にそうですよね。レムリアの終焉からこっち。

特に、大陸からアトランティス系の考え方をするユダヤ人などが、渡来してきてからの日本人は。

松久　最近まで封印がかかっていたんですよね。

現代人は、自分を生きられなくなった、他人を生きているんです。周囲の目を気にしすぎなんですね。

保江　はい。周りからどう見られているか、気にしすぎの人がとても多いです。

松久　それで、宇宙とつながらなくなっちゃったんです。他人を生きることによって、宇宙の叡智へのポータルが閉じちゃったんですね。

やっぱりこれが一番大きいです。

保江　本当にね。

宇宙人のおかげでがんから生還した話

保江　僕、今から15年前に大腸がんになったんです。

松久　大病されたんですよね。今はこんなにお元気で、よかったです。

保江　1ケ月以上も便が出なくて、お腹が臨月の妊婦さんのようになってしまったんです。

松久　あら、大変でしたね。

保江　単なる便秘だろうと思って「しゃあない、これは便秘薬でも出してもらおうか」とかかりつけの医者に行ったら、診察室に僕が入るなり、「このままじゃ死にますよ！」と言われて。「電話をかけておくから、すぐに総合病院の救急に行きなさい！」と怒られたんです。それで、（この先生は、なに変なことを言ってるんだろう）といぶかしく思いながら総合病院に行ったんですよ。

そうしたら、もうあれよあれよという間に緊急手術を手配されてね。かかりつけのお医者さんの見立てどおり、もう腸壁に亀裂が入っていたんです。

松久　それは危なかったですね。

保江　危なかったんです。腸壁が破れていたら、大量出血で即死でした。

松久　本当に九死に一生を得ましたね。

保江　それまで、なんの病気もしていなかった人間が、突然そんな状態になったんですよ。しかも、手術中にバイタル（注　バイタルサイン。生命兆候）が2分30秒、停止しちゃったんです。

松久　あら、本当ですか？　相当まずい状態でしたね。

保江　お医者さんたちが慌てて蘇生してくれて、手術は結局、6時間かかりました。

松久　緊急事態でしたね。

保江　はい。手術直後は、そんな状況だったことを教えてくれないんですよ。3年くらい経ってから、ようやく知らされました。

松久　現場では、相当、あせったでしょうね……。

保江　それで、手術が終わって退院し、これからは通院して抗がん剤や放射線治療をするというのを僕は断りました。僕にはきっと、耐えられないからって。

主治医からの条件としては、がんマーカーの検査と断層写真の撮影は毎月するようにと念押しされました。なにか見つかったらすぐに外科的対処をするということで、抗がん剤も放射線もしないということを了承してくれたんです。

「このままじゃ長くもって2年、早ければ2ケ月ですよ」とも忠告されましたが、それでも抗がん剤などは使用しませんでした。

そのあと、フランスのルルドに行って、マリア様の奇跡をいただいたんです。

末期がんや難病が癒されるという不思議な聖水を手に入れるために、クリスマスイブの夜にルルドの聖地を訪れました。その聖水を飲んで、がんから完全に解放されたいと思ったからです。

松久　ルルドの水ですね？　ここにも置いてあります。

保江　はい。それで帰ってから、がんマーカーが正常値に戻りました。

松久　それはよかった。

保江　ルルドの水のおかげなのですが、日本からポリタンクを持参していたにもかかわらず、聖地の水くみ場に収めるにはポリタンクが大きすぎて、まったく水をくむことができなかったのです。

困り果てて諦めたとき、みぞれ混じりの冷たい雨が降る夜の9時頃だったにもかかわらず、どこからともなく8才くらいの少女が現れて、僕に笑顔を向けてから水を飲んでいました。

その少女が再び笑顔を向けてから立ち去ったあとを見ると、さっきまで収まらなかったポリタンクが水くみ場に収まりそうに思えたのです。

やってみると、見事に収まってあっという間にポリタンクを聖水で満たすことができました。

このあたりの奇跡については拙著『ついに、愛の宇宙方程式が解けました――神様に溺愛される人の法則』（徳間出版）に詳しいのですが、実はそこには書けなかった天使というか、宇宙人に助けられたためにがんから生還したという話もあるのです。

松久　おー、出てきましたね！　宇宙人！

保江　はい、そのとき僕がルルドの聖地で、文字どおり悪魔に魅入られて危なかったのですが（実際に悪魔の化身と思われる白人女性が聖地でマリア様へのお詣（まい）りを邪魔しにかかってきたのです）、そのとき、人間の姿となって現れた大天使ミカエルに助けていただきました（ペンネーム・佐川邦夫著『魂のかけら——ある物理学者の神秘体験』〈春風社〉参照）。
それが、大天使ミカエルだということはずっとわかっていたのですが、天使というのもやはり宇宙人ではないかという事実に最近気づくことができたため、今では、このときもまた手術のときと同様に、やはり宇宙人が助けてくれたのだと確信しています。

松久　やはり、宇宙人ですね！

保江　帰国後、毎月検査に行って、2年目になったときに僕は、主治医にイヤミを言ったんですよ。
「先生、長くもって2年とおっしゃっていましたけど、2年経ちましたよ」って（笑）。
そうしたら主治医から、「いや、保江さんは好き放題のことをしましたからね」と言われてしまいました。

松久　高次元でも飛び跳ねていますもんね（笑）。

保江　だから、やっぱり好き放題するといいんですね。

松久　好き放題、大事ですね。

保江　この話を、外資系保険会社に勤めている人にしたら、

「そうだよ、好き放題したら、がんなんて治るんだよ」と言うんです。

「あなたもそうだったのですか？」と聞いたら、

「自分ではないけれど」と、こんな話をしてくれました。

その保険会社のアメリカ支社で販売していた保険で、余命半年以内という診断書を2通提出すれば、生きている間に死亡保険を降ろしてくれるというものがあったんですって。

それで、余命半年という診断書を2ケ所の病院から出してもらった、あるアメリカ人男性のがん患者が、ちゃんと保険金をもらったと。

松久　それはいいな（笑）。

保江　その保険金で彼は、今までやりたかったこと、できなかったことを全部したんですって。

保険金がたくさんあったから、世界一周してピラミッドに登ったりもして。
そうしたら、がんが治っちゃったって。

松久　そうでしょうね。
たぶん、身体が治っちゃったと同時に、宇宙の叡智ともつながったでしょうしね。

保江　そうですね。

松久　高いエネルギーとつながれば、思いが実現しやすくなりますから。

保江　そうそう。そのアメリカ人男性は、再びその保険に入ろうとしたんですが、保険会社に2度目はもう勘弁してくれと断られたそうです。

松久　そんなおいしいこと、リピートしたいですもんね。

保江　結局、その会社は、その保険そのものをやめたそうです。

松久　余命半年のつもりで毎日を生きろって、いいテーマですね。

保江　いいですね。

松久　つまり、人生長いと思っているから駄目で、「自分は『余命宣告を受けた』というつもりでお遊びをしなさい」ということなんですよ。

「リアルなお遊びをしなさい。そうしたら、身体もいつの間にか健康になるし、思いどおりに人生が開花していくよ」ということです。

これを子育てに反映するなら、「悩むくらいなら、子どもが余命半年しかないと思え」ということです。そしたら、なんでも好きなことをさせるでしょう。

保江　なるほど。余命が半年しかない子どもになにをさせるか。

やはり、本人の希望に寄り添うことになるでしょうね。

Part 3

ＵＦＯの種をまく　＆　宇宙人自作の日本に在る「マル秘ピラミッド」

サンクトペテルブルグのUFO研究所――アナスタシアの愛

松久　先生、話を戻して、合気道とUFOの操縦についてですが。

保江　そうでした。ではUFOの話をしますね。

僕は幼い頃からずっとUFOに興味を抱き続け、大学に入ってからは時間を見つけては研究をしてきているんですが、5、6年前に、面白い情報が入ってきました。

ロシアのサンクトペテルブルグに、宇宙人と一緒にUFOの研究をしている研究所があって、その研究員に日本人女性がいるというんです。

その女性が近々一時帰国して、兵庫県の白龍（はくりゅう）神社のお祭で30分くらいの講演をするらしいと。

白龍神社は、よくUFOが目撃される千ヶ峰（せんがみね）という山があるんですが、その麓（ふもと）にあるんです。

姫路のちょっと北です。

行ってみたら、30歳前くらいのなかなかかわいらしい女性でした。

松久　宇宙人ぽくはないんですか？

保江　見た目は宇宙人ぽくなかったですし、講演の内容もたいしたことなかったですね。

30分くらいお話して、そのあとで御神事と直会（なおらい）があり、みんなで巻き寿司を食べました。

そのときに、僕は彼女に近づいて、

「もっと詳しくUFOの研究とかロシアの状況について知りたいんですが、ちょっと時間をもらえませんか？」とお願いしてみたんです。

しかし、あまりよい顔をされなかったので、

「ここではほかの人の耳もありますし、少し先に喫茶店があったからそこででもいかがでしょうか。30分くらいでいいんですが」と言うと、

「喫茶店があるんですか？　じゃあ行きます」と、コロッと態度が変わったんです。

では、ということで喫茶店に移動しました。

松久　1対1で？

保江　いや、もう1人、そのイベント情報をもたらしてくれた、トヨタ自動車でUFOを研究している特命係長さんも一緒に、3人で行きました。

喫茶店に着いて、メニューを見たとたん、彼女はワーッて喜んで、普通の女の子に戻るんで

すよ。
兵庫県の喫茶店って、メニューがたくさんあるんです。うどんやお好み焼き、とんかつ、ステーキ、丼もの、もちろんスイーツも。
それまでは少し無口で、雰囲気は確かに宇宙人ぽいような、ちょっとずれている感じがあったんですけどね。

松久　そんな喫茶店があるんですか。

保江　兵庫県は、そういう文化なんですよ。近所の喫茶店で、晩ご飯食べようというような。

松久　へぇ〜、それは喜ばれたでしょうね。

保江　「どうぞ、なんでも注文してください」と言うと、フルーツパフェを頼んでいました。
僕は聞きました。
「実は、僕は宇宙人に会ったり、ＵＦＯに乗って操縦したりしてみたいんです。ロシアのほうではどういう研究が進んでいるんですか？」と。

女性はパフェを食べ終わってから急に厳しい顔になって、喫茶店に置いてあった観葉植物を指差して開口一番、

「その草木の気持ちがわかりますか？」と聞いてきました。

「いや、わかりません」

「猫の気持ちは？」

「いや、僕は猫が嫌いです」

「草や木や猫や、そんなものの気持ちがわからないで、宇宙人と意思疎通できるとお思いですか？」と言われて、ああ、なるほどと思いました。

松久　なるほど～。深い深い！　深いです。

保江　「そうなんですね」と納得すると、

「わかっていただけたならお話ししましょう」と、すごい話をしてくれたんですよ。

彼女が勤務しているサンクトペテルブルグの研究所では、本当に宇宙人が働いているんだそうです。

「見かけはどんな感じなんですか？」と聞いたところ、

「ほとんど、宇宙人とはわかりません。スウェーデン人などの北欧の人と同じような感じです」
と。

松久　宇宙人を呼んだんですか？　それとも寄ってくるんですかね？

保江　呼んだのか、寄ってきたのかはわかりませんが、ロシア人の科学者と宇宙人がいっしょにいても、彼女には見分けはつかないそうです。

ただ、ロシア人はしゃべる、宇宙人はしゃべらない。

「じゃあ、テレパシーでの会話ですか？」って聞いたら、

「そうです」と。

テレパシーといっても、僕らがわかる言葉のようなものが頭に入ってくるのではありません。一瞬でドンッと情報がきて、必要なときにその一部分だけが解凍されて示されるのだそうです。

「UFOはどうやってつくっているんですか？」と聞くと、

「ロシアの科学者に、UFOの製造方法、設計図が、テレパシーでドンッとやってくるんです」
と。

そこでロシアの科学者たちは、設計図どおりに部品をつくって精密に組み立てたのに、最初

は動かなかったそうなんです。

それで宇宙人に文句をつけたところ、

「つくり方が悪いんです。組み立てるときに、ちゃんと部品たちを愛しましたか」と聞いてきたそうです。

「いや、そんなことはしていません。ただ、科学者がきちんと精密に組み立てをしました」と答えたら、それだけでは駄目だと。

「愛を込めてつくることができる人間が必要です。シベリアに、アナスタシアという村があるから、そこの人たちを連れてきなさい」と命じられました。

組み立てについては科学者が指示して、実際に触ったりつなげたりするのは、アナスタシアの人たちにさせろということでした。

松久　面白いな。アナスタシア、出てきましたね。

保江　そして、実際にアナスタシアの人たちを連れてきて部品をつないで、ＵＦＯを組み立ててもらいました。
けっこう大きな、１００人規模で乗れるＵＦＯができたんだそうです。

ところが、操縦装置がないんですよ。

松久　ないでしょうね。

保江　「どうやって動かすんだ？」って聞いたら、「すべての部品が魂を持っていて、有機的に愛でつながっている。それと操縦士が愛でつながれば、全部の部品と一体になって、自在に飛ばせる」と説明して、みんなが乗ったUFOを、宇宙人が動かしてみせてくれました。

そこで、ロシア人パイロットを教育するんですが、2分しかもたないんですって。特訓の成果で、愛でつながって2分くらいはなんとか操縦できるんですが、それ以上は続かない。操縦ができなくなったら墜落するので、必ず宇宙人が同伴してくれるんだそうです。UFOをつくるときにも愛がいるし、飛ばすときにも愛がいるんです。

松久　なるほど、愛ですね。

ＵＦＯの種をまく

保江　さらに、今はもっと進化しているそうです。アナスタシアの人たちによる組み立てというプロセス抜きでできる、ＵＦＯの技術を提供してもらっているとか。

ロシアの研究所とはまた別のところから情報が入りまして、宇宙人が地球人に提供してくれている、一番新しい技術は、ＵＦＯの種なんだそうです。種をまいて水をやっていると、ＵＦＯが育つんですって。有機的ＵＦＯといいますか。

シンデレラ物語では、カボチャが馬車になるでしょ。まさにあれなんだそうですよ。

松久　実際に種？

保江　種なんです。

松久　水をあげたら、大きくなるという？

保江　そうなんです。

松久　それ、なんかすごい、驚きの世界ですね（笑）。

保江　地球人も昔から進歩してきたように、宇宙人も進歩していて、部品を組み立てさせた時代もあったけど、今は種を使うという。

松久　そうすると、ＵＦＯもＤＮＡでできているということになりますね。

保江　そうそう。そして、またしても肝になるのは、種をまいて水をやるにも、愛情を込めるんですね。農作物と一緒ですよ。奇跡のリンゴの木村秋則（きむらあきのり）さんみたいに。

松久　そうすると、合気道のお話のように、機体に意識が乗るんですか？

保江　そうです。合気道の、相手の人間を愛して自在に動かすのと同じように、ＵＦＯを愛して自在に動かすということです。

松久　ＵＦＯの意識が、自分の意識になるっていうことですか？

保江　いや、ＵＦＯの機体、すべての機能が、自分の意識、愛に応えて動いてくれるということです。

松久　さっきの合気道の話でいうと、相手のビジョンに自分が映るという？

保江　それは、剣術で相手を切り倒すときの話でした。合気道では、単に愛するんです。

松久　合気道は愛する？

保江　そう、愛するだけです。刀で互いに斬り合う、命をかけるときは、相手の目に映った自分が見えるということなんです。

例えば、なぜ僕が合気道を道場でやっているのかについてですが、ＵＦＯの操縦の練習をしたくても、残念ながらＵＦＯがないわけですよ。

だから練習台として人間を相手にして、人間に合気の技をかけることができていれば、ＵＦＯも操縦できるはずだと思っているんです。

高校生の頃、オートバイの免許のために、自転車をオートバイに見立ててエンジンをかける真似をしたりしたでしょう。あれと同じように、演じているんです。
オートバイに乗るかのようにずっと自転車を操っていたら、感覚が慣れてきて、運転免許の試験に一発で合格できるという、それと同じですね。

松久　なるほど。
種からＵＦＯが生まれるとします。ということは、ＵＦＯに意識があるということになりますね。

保江　まあ、意識も魂もあるということですよね。

松久　そうすると、乗り手が愛を伝えれば、それがＵＦＯのエネルギーになるわけですよね。

保江　そうです。

松久　そうすると、ＵＦＯもハッピーになると。

保江　そうです。そのとおりです。

松久　子どもにも通ずるものがありますね。親や教育者が、子どもを愛で包んで共鳴してしまえば、ハッピーの中で操縦できるんですよ。

保江　そうです。そのとおりですね。

松久　脳で操縦しようとすると駄目ですが、愛をもってしたら、子どももハッピーになるって、これはいいですよね。

保江　いいですね。

松久　ＵＦＯと教育が、愛でつながりました。

保江　僕の合気道の門人に、広島の土建屋の社長さんがいるんですけれどね。
その会社には、下請けのさらに下請けの孫請けレベルの仕事しかこないんです。１００人規模の、土建屋にしては小さな会社です。

あるときに、親会社から、国土交通省の役人に謝ってくれという要請がきました。その会社のミスではないのに、そのミスを被って謝ってくれというんですね。よくあるパターンです。言うことを聞いておかないと次の仕事がもらえないので、彼は「わかりました」と言って、国土交通省の分署に出向き、担当の課長さんに「すみませんでした」と頭を下げたそうです。

しかし、その課長さん、彼が頭を下げてもカンカンに怒っているんです。

そのときにふと、そういえば道場で習っている「眼前の敵を愛する」というのを今、この課長さんに実践してみたらどうだろうと思って、愛を送ったんですって。

そうしたら、その課長さんの怒るトーンがだんだん下がってきて、最後には、

「あなたはどうせ孫請けの会社で、ゼネコンの上の人に頼まれて謝りにきただけだろう。そのくらい俺もわかるよ」と言い始めたんですって。それに、

「でもしょうがないよね、そうしないと仕事もらえないだろうから。そういえば、次、こういう仕事を出すから、応札してみないか?」って、特別に書類を見せてくれたそうなんです。

それが、国土交通省の大規模な仕事で、通常はゼネコンが請け、そこから下請け、孫請けに回すようなレベルのものでした。

「これは、うちの会社では無理です」と彼は伝えたそうなんですが、

「いや、ぜひやってみてください」と励まされてしまった。

松久　すごくいい話ですね。

保江　はい。その課長さんの顔もつぶせないから、「わかりました」って持って帰って、とにかく正直に、利益もちゃんと出るように計算して応札しました。

当然、ゼネコン各社はもっと低い金額で応札しましたが、より高い金額を提示したその100人規模の会社に決定したんです。

もっと安いところがあったのに、なぜその会社になったのかを、課長さんは公正取引委員会などに説明しました。

「私も土木建築を長く専門にしており、今の役職に就いています。

私の判断では、大手ゼネコンが出したこの金額はあり得ません。はなはだ異常な金額です。これでは応札したとは判断できないので、除外しました。

残った中で、この企業が一番安いという結論に至ったのです」と。

全国の土建屋に激震が走りました。今まで孫請けだった小さな会社が、なんであんな大規模の仕事を請けられたんだろうと。

松久　愛だったんだ。

保江　そう。愛で請けちゃったんですよ。

松久　なるほどね。強いですね。

保江　その社長の、もっとすごい話があります。土建屋の現場って、ブルドーザーなどが動いてて危ないでしょう。あるとき現場で、社員がブルドーザーに足の指を踏まれたんです。

松久　それは大怪我でしょう。

保江　もうぺっちゃんこ。救急車が来て、すぐに病院に運ばれました。その連絡で、社長は病院に駆けつけました。

そのときにはまだ、足指を切断するかどうかを医者が決めかねていたんです。

とりあえず患部をカバーしましたが、やはり切断しなければならないという事態になりました。社員の顔を見たら、俺はこの社員と家族の一生を台無しにしてしまったという思いがふいに込み上げてきて、社長は号泣しながら「許してくれ」と必死に謝ったそうです。

「とにかく君と君の家族の一生は、俺が死ぬまで面倒見させてもらうから、なんの心配もしないで治療してもらいなさい」と、わんわん涙を流してね。

その社員も喜んで、

「社長、ありがとうございます」と抱き合って泣いたんだそうです。

そして、いざ処置室でカバーを外してみたら、なんと、元どおりになっていたそうなんです。

松久 いや〜、愛ですね。

保江 愛です。

松久 愛は、さっきの素領域の話のように、高次元のビールの黄色い液体の部分を操作するんですね。

保江 そのとおり！　さすがです。愛が操作するんですよ。

さっき先生がおっしゃった、ＤＮＡ操作して胸がポンッと大きくなったというのと同じですよ。
ブルドーザーに踏まれてぺっちゃんこになっていた指が、ポンッと元にもどったんです。

松久　奇跡が起こったんですね。

保江　はい。だから、親御さんたちも、とにかく愛を持ってくださいね、という話です。

松久　そこへつながってくるんですよ。
だから、目に見えないエネルギーのところに愛を注げばいいんじゃないでしょうか。

保江　あの世の部分ということですね。

松久　目に見える成績や、勉強や運動をしている姿ではなくて、目に見えない、子どものエネルギー部分に愛を注げば、子どもの才能が開花するっていうことですよね。

保江　そう。子どもは、ＵＦＯなんかよりはるかに素晴らしい可能性を持っているんです。

松久　その可能性っていうのがすごい。奇跡を起こせるっていうことです。

保江　本当に世のお母さん、お父さん方にここをわかっていただけるといいですね。

松久　ここ、大事ですね。

保江　絶対にね。

松久　先生も物理学を極められて、私も医学をとことんやってきましたから、いわゆる変態という領域に入ってくるわけです。誰もが理解できるという世界でやっているうちは、本当に良いものが見えてこないですから。

今回のこの対談も、なにが飛び出すかまったく予想できない中でやっていますけれども、私たちだから今見えている世界を、これからもお伝えしていきたいですね。

保江　同感です。

愛が作用するクォンタムの目に見えない領域

松久　物理学のお話ですが、先日、クォンタム（量子）について本に書きました。
クォンタムのお話、大好きなんです。

保江　そうですか。

松久　ブルース・リプトンという生物物理学者がいるんですが、私がアメリカでカイロプラクティックの留学をしているときからずっと注目していて、お会いしたこともあるんです。

あの人の理論は面白いんです。クォンタムの世界でもあるんですが、細胞は核がなくても生きられるという理論なんです。

細胞というのはただの情報格納庫、図書館であり、生きるための情報が格納してあるだけで、人を生かしているのは、膜で生きているエネルギーだというんです。膜にはレセプター（受容体）があって、そのレセプターでエネルギーを受けるといいます。

私も、膜で受けたエネルギーがＤＮＡの螺旋の中へ入ってくると考えているんですが、彼はケミカルで論じています。

わかったことは、人は、目に見えないケミカルが生かしているのではなく、ホルモンやニューロントランスミッター（神経伝達物質）が生かしているのでもなく、それを生み出している大元のエネルギーが生かしているということです。

それはもう、クォンタムなのです。

量子力学ですから、目に見えない世界に分類されますよね。

今のサイエンスやケミストリーというのは、介在する化学物質が生体反応を起こしていると言っているんです。でも、そういうものの電気信号は、粗雑なものなんです。

本当は、目に見えない高振動数の繊細なエネルギーが流れて、人間に働きかけているんですよね。人間を細胞で捉えてしまうと、非常に低い次元の話になってしまいます。

低い次元では、時間の概念はあるし、空間の制約を受けますし、奇跡は起きないんです。

目で見えない領域に入っていかないと、愛は作用しないんです。

保江　そのとおりです。

松久　クォンタムでこそ、愛が作用するんですよ。
物質じゃない、クォンタムの、目に見えない領域です。

保江　さきほどもお話ししましたけれど、量子というのは、素領域から素領域にピョンピョン飛び移る素粒子の総称です。

ただ、背後でその量子を動かしているのは素領域と素領域の間の、いわばビールの黄色い液体の部分で、そこには愛が通じているんですよ。

松久　いわゆる、無条件の愛ですよね。エゴの愛じゃなくて。

保江　そう。無条件の愛。エゴじゃ駄目です。エゴは脳が生み出すだけだから。

子どもを育てた見返りに、自分が歳をとったときに面倒をみてもらおうとかね。

そういうのは愛じゃない。とにかく、無条件の愛です。

松久　それと、あるがままの自分に対する無条件の愛ですね。

保江　そのとおりです。子どもを愛するのと同時に、自分も愛せないと駄目ですよね。

松久　今、親は、子どもも愛せない、自分も愛せないで、二重苦になっています。

要するに親も、自分を愛せていないから子どもを愛せないんですね。

だから、親はまず、自分を認めないといけない。子どもで苦労するというシナリオをわざわざ選んできた、勇敢な魂の持ち主であり、素晴らしいと、自己肯定感を強めるんです。

子どもに悩まされても、自分も成長できるチャンスだと喜べれば、すべて、これでいいのだと、自分のことも愛せるようになるんじゃないでしょうか。

自分を受け入れて初めて、あるがままの子どもを受け入れられるようになるでしょう。

まず、魂が最高のシナリオとして、人生や体を選択してきている自分自身は、最高傑作だと思うことです。

無限のシナリオの中から、この人生を選んだわけです。どんなに恵まれない境遇にあってもがいても、最高の自分になるためのシナリオのワンシーンだとわかると、無性に自分がかわいくなってきます。

自分自身にフォーカスする。周囲ではなく、自分に意識をフォーカスできるということが第一です。

子どもが自分の思いどおりにいかないから、自分を責めて嫌いになるし、子どもも嫌いになるんです。

そもそも、子どもは思いどおりにならないものだという設定を理解することが必要ですよね。

子どもとあなたの世界は、まったく違う宇宙、ということを、まずは認めてほしいのです。

そうすると、オープンハートになることができます。

子どもはあなたを喜ばせるためにいるのではなくて、子どもが喜んだら、自動的にあなたも喜ぶということを理解してほしい。今は、自分を喜ばせるように、無理やり子どもを仕込もうとしている親が多いですね。

本当は、子どもがあるがままで喜んでいたら、親もいつの間にか幸せになれるということを知ってほしいですよね。

保江　そのとおりです。

松久　先生と教育のお話ができるなんて、もう夢にも思っていなかったので、すごく嬉しいですね。

日本に在る宇宙人自作のマル秘ピラミッド

松久　そうだ！　ピラミッドについてまた思い出したのですが、西表島に行ったあとに、石垣島にも行きました。そこで、シャーマンのような、魔女的な女性を紹介されたんです。
その人は、あるときにハブに噛まれたんですって。

保江　ハブ？　毒蛇ですね。

松久　はい。その噛んだハブがハイブリッドで、すごいパワフルだったそうなんですね。通常のハブだったら血清が効くんですが、まったく効かなかった。

それから2ケ月、意識もなく生死の境を彷徨(さまよ)って、その間にいろいろな体験をしたそうなんですよ。あちらの世界をいろいろ見てきたという、面白い人なんです。

人呼んでハブちゃん。彼女が私たちを案内してくれました。

西表島でパワーを使い果たして、私は疲れ切っていたんですけれど、最後の日にいろいろと連れ回されたんです。山登りさせられたり、渓流に行ったりですね。

その行程の1つに、ピラミッドがありました。

ほぼピラミッドのかたちの小さい丘みたいな山なんですが、そういう山が３つ４つ集合しているような場所があったんです。ガイドブックに載っていないのが不思議なほどで、これはすごいと、みんなでお祈りしました。

関さんとバシャールの対談本でバシャールが言うには、ギザも含めたエジプトのピラミッドたちは、宇宙人の力を借りて人間がつくったそうなんです。

でも、宇宙人が自分でつくったピラミッドもあると。それはどこにあるかと、関さんもかなり突っ込んで聞いていたんですけれどね、バシャールがとても真剣に、「それは教えられない。今教えたら駄目なんだ」と言い出して、その場の空気が変わったと書いてありました。

具体的な場所は知らされませんでしたが、宇宙人がなんらかの目的でつくっているピラミッドが、日本の数箇所にあるらしいんですよ。それがどこなのか、気になっているんです。

保江　それそれ。僕がピラミッド型の水晶を気仙沼に投げたあとに行った、会津での用事というのは、実は矢作直樹先生が、会津の山のほうにピラミッドがあると言っていて……。

松久　つながってきましたね、また。

保江　前からそこに僕を案内したいとおっしゃっていましてね。

松久　そういう流れだったんですか。

保江　彼は山登りが得意だからいいんですが、僕は、大嫌いなんですよね（笑）。

松久　私も大嫌いです（笑）。

保江　「そんなところにあるの？　本当にピラミッドなんですか？」と聞いたら、前に彼が行ったときの写真を見せてくれたんですよ。

まあ、普通の緑の山なんですが、なんとなくピラミッドのかたちには見えるんです。

それが、道路の右と左で2つありましてね。地元では、青龍と白龍とか、そんなふうに呼ばれていると。

松久　龍とピラミッドですね。

保江　そうそう。昔は、天狗のような人があっちこっち飛び回ったという言い伝えがあるそうです。

いやいやながらも山を登ることにしたんですが、この山はうっそうとしていて、ほとんど道もないんですよ。

上まで行ったら、エジプトのピラミッドを作っているそれぞれの石と同じくらいの大きさの、真四角で立方体の巨石が並んでいるそうです。今は、ずれてしまっていますから、整然とという感じではないそうなのですが。

そもそも、あんな高いところまで巨石を持ち上げるのは不可能ですし、あんなにきれいな立方体に切るのも、昔の技術では不可能です。

それに、なんの目的で使われていたのかということも、なにもわからないんですって。

でも、どう見てもピラミッドの一部だったんです。

松久　北海道の斜里岳の近くにあったストーンサークルも、レムリアの宇宙の交信基地だと思いました。

縄文の墓だという話なんですが、ああいう知られていないところ、ひっそりあって話題になっていないところが、キーになりますね、おそらく。

保江　それからね、別の僕の門人が、津軽の十和田湖に行ったときの話もあります。
そのときは十和田湖に霧が出ていて、地元の漁師さんが、
「こういうときにしか見せられないから」と言って、船を出してくれたんだそうです。
ちょうど十和田湖の真ん中くらいに、いつもは水の下にあるが、霧が濃い、こんなときにだけ出てくるものがあるという……。

松久　なんでしょう、それは。

保江　ちょうど、ピラミッドのキャップストーン（冠石）が……。

松久　え？　キャップストーンが？

保江　水面に出ていたんだそうです。
「なんなら乗り移ってみますか？」と言われて……。

松久　乗り移れるんですか？

保江　はい。かなり危ないようですが、船をギリギリまで近付けて、その出ているキャップストーンに、スパイダーマンみたいに飛び移るんですって。

松久　そのピラミッドは水晶では？

保江　水晶かどうかはわからないですが、表面はかなり磨かれていてツルツルしていたそうです。

その漁師さんの話によると、もっと水面から出ることもあるんです。

松久　その話もすごく面白いですね。いろいろつながってきています。

私も今思い出したんですが、先ほどの北海道の旅でも、レムリアと思いっきりつながっていたんですよ。

特に摩周湖、阿寒湖の下には、確実にレムリア王国が沈んでいるそうなんです。

レムリアとつながっている女性が上をボートで通ったときに、レムリア王国の宮殿が、実際に光っているのが見えたそうです。レムリア王国が沈んでいるということは、ピラミッドも沈んでいるんだろうと思います。

バシャールが言う、人類が変わっていくときにキーになるという、宇宙人自身がつくった日本国内のピラミッドですけれども、そういう地元の人だけが知っているような山だったり、湖の中だったりするのかなと思います。

地元の人だけは、十和田湖では霧のときにだけ、ピラミッドの頭が出てくるなんていうことを知っているんですよね。

バシャールが言うピラミッドとは、そういうところなんでしょう。

保江　特に十和田湖では、真ん中にピラミッドがあるようです。

さらに、十和田湖の八戸（はちのへ）側には、それこそキリストの墓があるといいます。

松久　キリストの墓、聞きますよね。

保江　僕ね、キリストの墓をぜひ見てみたいと思って、行ったことがあるんです。

レンタカーを借りようかとも思ったんですが、やっぱり土地勘もないのでタクシーをチャーターして、八戸の駅から案内してもらいました。

道路上の国土交通省の標識に、ちゃんと「キリストの墓」って書いてあるんですよ。それを見て、そこから何キロ先かがわかるという標識ですね。

松久　すごいな、それは。日本の国公認になっているという……。

保江　これはすごいと思っていたら、その上にピラミッドって書いてあったんです。キリストの墓とピラミッドって。国土交通省の標識にですよ？

松久　すごい地域ですね。進化してますね、そこ。

保江　運転手さんに、
「ピラミッドもあるんですか？」と聞いたら、
「ありますよ」って簡単に教えてくれるんですよ。

松久　進化がすごいです。

保江　まずはキリストの墓に行きましたが、なかなか面白かったんです。

一面に雪が積もっているので、その日に僕らの前に墓参りにやってきた人の足跡がきれいに残っていたのですが、その中に極端に大きい足跡が混じっていたのです。

もちろん、そのほかの足跡は普通の大きさで靴底の長さが30センチ前後だったのですが、極端に大きいというのは靴底の長さが50センチ近くありました。明らかに日本人がはくような防寒靴ではなく、背の高い白人系の男性がはく防寒靴の大きさです。

ということは、やはりいまだにテンプル騎士団やガーター騎士団の関係者がこのキリストの墓を護っているのかもしれません。

現にクリスマス用の円環飾りもきれいに設えられていました。

お詣りしてからタクシーに戻ったタイミングで、

「次はどうしますか?」と運転手さんが聞くので、

「ここまできたんだから、ピラミッドまで連れていってもらえますか?」と答えました。

すると、

「距離は近いですが、今はかなり雪深いので、車を降りてからが大変ですよ」と言われまして。

でも、なかなか行けないようなところですし、ねえ。

松久　だいぶシュールな展開に(笑)。

保江　ともかく、行ってみました。

やはり、スノータイヤをはいたタクシーですら途中までしか登れなくて、「ここから先は歩いてすぐですから」と、降ろされました。

松久　何月頃ですか？

保江　12月でしたが、もう雪があったんですね。そのときは3人だったんですが、なんとかピラミッドまでたどり着きました。

ギザなどのピラミッドは、いくつもの石を積んでありますよね。でもそこは、大きな1枚岩なんですよ。

松久　ものすごくいいじゃないですか。

保江　そう。ただし、大きく割れているんですよ。

松久　岩はどれくらい大きいんですか？

保江　巨大です。小山くらいありますね。割れたところに土がかぶさって、そこから木が生えていたり。

確かにこれは、どう見てもピラミッドだなと思いました。

運転手さんが、中に入れると教えてくれていたので、入口を見つけようと周りを1周してみたんですが、それらしいところが見あたらないんですよ。

おかしいなと言い合いつつ、よくよく見てみると、実は雪が積もって見過ごしていただけで、ちょっと雪を払ってみたら、小さな入口があったんです。

「あった！　よし、入るぞ！」と。

僕以外の2人は痩せていたので簡単に入れたんですが、その頃の僕は今より少し太っていたので、なかなか入れなかったんです。僕だけ入れない（笑）。

松久　私もヤバいですね（笑）。

保江　着ていた厚めの防寒服を脱いで万歳して、2人に中から引っ張ってもらいました。雪の残る寒い中で、Tシャツ1枚ですよ。

やっと入れたその中の広さは6畳間くらいで、小さな、神社の祠のようなものがありました。

なんらかのご神事が行われていたのでしょう。
見学が終わってタクシーに戻り、運転手さんに、「本当にピラミッドなんですか？」と聞くと、「地元ではそういうことになっているよ」と。

松久　かたちもピラミッドぽいんですか？

保江　はい。ちゃんと四角錐ですね。

松久　それが、1枚岩で。

保江　1枚岩で。ただ、割れてしまって3分の1くらいになっていましたが。

松久　それはどう考えても、宇宙人がつくりましたよね。

保江　ですよね。人間には無理でしょう。

場所は、八戸と十和田湖の中間地点から、少し十和田湖に近いほうです。その十和田湖の真ん中にも、さきほどの話のように、霧のときにだけ出てくるピラミッドがあったでしょう？

それから、会津のほうでは猪苗代湖（いなわしろこ）ですね。猪苗代湖は、かたちが十和田湖と似ているんですよ。

会津地方にも浮島伝説があるらしいんですが、出会った中で知っている人はいませんでした。でも、そこからちょっと離れたところに、実際に２つのピラミッドがあったんです。矢作先生がおっしゃった、道路の左右に位置する２つの山ですね。

松久　僕がさっきお話した、沖縄の石垣島の３つ４つの山もピラミッドです。

アラハバキの誓い――日本奪還への縄文人の志

保江　沖縄といえば、久高島（くだかじま）という神様の島に、ナオさんというおばあちゃんがいらっしゃるんです。

その人に会ってほしいといわれて、久高島まで行ったことがあったんですよ。

そのときに教わったのが、沖縄の由来は、沖にある縄文だからだというんです。レムリアから僕が引いてきた一団は、最初に沖縄あたりに上陸して、そこを拠点に日本列島のほうに移動しました。

そして縄文人が関東や大和の地方にも広まったところに、今度は弥生人が大陸からやってきたんです。縄文人はそれから逃れて、だんだんと東北地方や北海道にも行ったんでしょう。青森や福島といった東北地方にも、いろいろとつくって残したようです。安倍首相の出身も、あのあたりですよ。

松久　そうでしたか。

保江　十和田湖の岸に近いところに、安倍家の墓があるんです。

原野の中に石が積んであって、裏に安倍家の墓と書いてあるそうです。

史実として残っていますが、700年代後半に、総勢2万人の大和朝廷の兵士が東北征伐に向かったときに、縄文文化を守っていた、たった5000人のアラハバキに3回も敗れたそうです。

そこで、4回目には坂上田村麻呂（さかのうえのたむらまろ）を征夷大将軍にして送り込んで、なぜ負けたのかと調べてみたら、アラハバキの霊力の中心が、その安倍家の墓がある地区にあったそうです。

松久　なるほど。

保江　そこは、神聖な場所でした。現地で捕虜にした人を問いただして、坂上田村麻呂がそこを押さえると、アラハバキはもう霊力が使えなくなってしまった。

坂上田村麻呂が偉かったのは、朝廷からはアラハバキを根絶やしにしろと命令されていたのに、殺したくないから俺の部下になれと全員を捕虜にして、畿内（きない）に連れ帰ってきたところです。

そのときにアラハバキたちは、将来この日本を、大陸からきた渡来人から奪還するために再び立ち上がることを決めていました。

そして、縄文のアラハバキの血が流れていることが互いにわかるように、全員で安倍という名字を名乗ろうと約束をしていたのです。

安倍首相の基盤がなぜ山口のほうにあるのかというと、安倍晴明や阿倍仲麻呂もそうですが、一族が京都、奈良のあたりで活躍し、中国地方、山口に流れてきたからだそうです。

今、安倍首相がかなり長く政権を保っていますね。今は、安定政権ともいわれています。

それは、弥生人に追い込まれて、一度手放した日本の統治を今、再び縄文人が取り戻したということです。日本を奪還するという縄文人の志が、果たされたからなんですね。

松久　霊的にも守られているんですか？

保江　そう、霊的にも。安部さんの任期は、まだだいぶ続くと思いますよ。

松久　安倍さんが幹事長のときに、私はアメリカのカイロプラクティックを学ぶ学生だったんですが、ワシントンDCのホテルでたまたまお会いしました。

安倍さんは幹事長としての大事な対談を成功させて、とても気分を良くされていたみたいです。3、4人のお付きの人と歩いていらしたんですが、妻が安倍さんのファンで、声をかけたらニコニコして寄ってきてくださいました。妻があまりにも愛想良くするので、友だちと思ったのかもしれないです（笑）。

こんなチャンスはめったにないと、いろいろとお話させていただいたんですが、私が情熱的だったので興味を持っていただけたのか、日本に帰ったら連絡をくださいとおっしゃってくださいました。

私はすぐに、日本に一時帰国しまして、幹事長室で20分くらい会っていただいたんです。私は、今の日本の医療制度は、高額医療で無駄遣いばかりしていて駄目だと言いました。本当はもっと、自然に寄り添うような医療にしたいという話をしたんです。

するると安倍さんは、帰国後に日本で診療所を開業する予定だった私の、患者になると言ってくださったんです。あの頃は松井選手がヤンキースで活躍していたので、松井人形をお土産にお渡ししてね、2ショット写真を撮ってもらったり。

でも結局、それから数年はアメリカに残ることになってしまったので、その話は立ち消えになっています。

安倍さんが、あれだけたたかれてもご自身の立場を守れているというのは、なにか絶対にあるだろうと思っていましたが、やっぱりそういうことなんですね。

私は、その頃からけっこうインパクトがあったので（笑）、いまだに覚えていてくださっていると思います。

安倍さんとはまた、日本の重要な局面でお会いするだろうと思っているんですよ。

日本を守る立場ですから、ぜひまだまだ頑張ってもらいたいです。

保江　はい、僕もそう思います。面白い話ですね。そうした巡り合わせがあったという。

松久　福岡に講演会に行ったときに、参加特典として「覚醒の霊性パンツ」というのを用意しました。一晩はくだけでポータルが開いちゃうというパンツです。

あるとき、パンツにエネルギーを注入してみたら、ピカッと光ったんですよ。

普段、よくやっているのが石へのエネルギー注入で、注入すると石が光るんです。

パンツまで光ったからプレゼントすることにしたのですが、みなさんすごく喜んでくれまして、その晩、全員がそのパンツをはいたそうです。おおぜいの方が、覚醒したという話を聞きましたよ。いまだに、毎晩はいている方もいます。

ピンクの水玉模様のボクサーパンツだったんですが、とても評判がよかったです。

このパンツを安倍首相にプレゼントしたら、きっと覚醒のポータルを開かれると思います(後日談：このあと、首相夫人の昭恵さんに実際にプレゼントさせていただきました)。

保江先生にもプレゼントしますね。これなんですが、エネルギー注入済みです。

保江　ありがとうございます。先生はすごいな。

福井大学に、ちょっと面白い発明家的先生がいらっしゃいましてね。

一度、訪ねていって研究室に入るとソファがありまして、腰掛けてからふっと横を見たところ、女性もののパンツが、ぽろぽろっと何枚か置いてあるんです。

（なぜ、こんなところにこんなものが）とちょっとドキドキしましたが、いちおう、

「先生、こんなものがありますよ」とお声がけしたんです。

するとその先生は、

「あ、ごめんごめん」とか言って袋に入れ、そして、

「俺、これを売っているんだ」とおっしゃる。

「え？　先生が売っているんですか？」

「うん、そうだよ」

「なぜ、女性もののパンツなんて売っているんですか？」

「最近、年配の女性で尿漏れする人が多いのだが、これを履いていると尿漏れしないんだよ」と。

別に、きつく締める機能とかも付いていない、ごく普通のパンツですよ。

「なにが違うんですか？」と聞いたら、

「それは発明の肝だから、具体的には言えないですよ」とおっしゃって。

でもね、どう見ても普通のパンツなんです。

松久　エネルギーが違うんですかね。

保江　たぶんそうですよね。その先生は、新種のコーヒー豆をアフリカまで探しに行って、日本に輸入させたりしています。がんを治すコーヒーなどもあって。
「そのアフリカの奥地にある、新種のコーヒーだからいいんですか?」と聞きますと、「その場所だからいいわけじゃなくて、俺が気に入ったやつだからいいんだよ」とかおっしゃっていました。

松久　高次元の領域をいじっているんですね。

保江　やはり、そうですかね。

松久　似たようなお話になるかもしれませんが、私、ペットにつける松果体チャームというのを開発したんですよ。水晶を松果体のマツボックリのかたちにしてもらって、エネルギーを注入しました。
ペットが付けるだけで、暴れなくなったり、体調が回復するんです。
うちの柴犬は今、3歳くらいなんですけれど、以前は散歩に行くといつも引っ張っていたんですよ。ところがそのチャームを付けただけで、ちゃんと私と歩調を合わせて、横を歩くようになりました。

やっぱり、共鳴するんですよね。面白いですよ。

保江　ペットが身に付けるだけでいいんですか？

松久　はい、首輪とかハーネスとかに。寝床に置いてもらうのもいいです。ペットがなくしてしまわないような工夫が必要ですが。

「人間の魂は松果体にある」

保江　デカルトが昔、「人間の心は松果体にある」と言っていました。

松久　はい。彼は、「松果体は魂のありかだ」と言っていますね。

松果体、松果体とずっと言ってきましたが、今、私にも宇宙からの介入があるんですよ。

診療中はもう、完全にゾーンに入っているので、彼らも注目しているようなんです。どんどん情報を送ってきてくれています。

最初に、じーんと松果体が震えてくるんですよ。それで、（あ、くるな）とわかるんです。その瞬間、2、3週間もモヤモヤしていた悩みが、一気に、全部氷解します。

（あ、そうか）という閃きが、一瞬でくるんです。

前にも本に書きましたが、松果体というのは、宇宙の叡智を人間の叡智に変換する変換器、コンバーターなんです。振動数を落とす役割があるんですね。

あと、DMT（ジメチルトリプタミン）という物質をセロトニンから変換して、幻想を見せるんです。その幻想というのは、たんなる絵空事ではなくて、その人をパラレルに移動させているということなんですが、そうした役割もあります。

松果体は、パラレルに行くポータル、出入り口なんですよ。

松果体が覚醒するかしないかが、宇宙次元で自由自在に行動できるかどうかのキーになると思います。

保江　ドルフィン先生、『宇宙人ユミットからの手紙』（徳間書店）という本は読まれました？

松久　さーっと読んだくらいかもしれません。

保江　ユミットという宇宙人から、フランスのある物理学者に手紙が届いたという話でした。

松久　そういう話でしたよね、確かに。

保江　その中で、人間の意識の根源がどこにあるかを説明していました。

僕もちょっとうろ覚えなんですが、確か松果体を構成している、ある部分にあるグリアとか神経ニューロンとか、そのあたりの細胞の中に、クリプトンという特殊な元素があります。

松久　クリプトンですね。

保江　はい、クリプトンを大量に含む部分があり、そこでいろんな信号などを受信して、人間の心が生まれるんだそうです。

松久　松果体の中の？

保江　松果体をつくっている細胞の、確か核の中で、宇宙からの信号も受信できるようです。

松久　なるほど、なるほど。

保江　クリプトンは、安定な電子配置で、化合物をつくりません。アルゴンなどと同じように、化学反応をほとんどしない元素です。

松久　ありがとうございます。すごくいいヒントになります。
私の考えでは、松果体に、既に意識をもった右螺旋の振動波が入ってくるんですね。
それを私は、ソウルインと呼んでいます。
そこでクリプトンが、人間の感情というものを生み出すということでしょうか。

保江　感情などよりも、もっと、根底のものですね。だから、魂。

松久　魂？

保江　人間の本心。魂。
脳の神経回路で生み出すような思考などではなく、もっと根源的なものですね。

松久　存在の大元をつくるものですね。

フラワーオブライフ（神聖幾何学）もそうですし、マカバスターもそうですね。珪素のシリコンホールの構造は、マカバスターと同様です。正十二面体、正二十面体が、ある角度からみると、六芒星になります。

保江　神聖幾何学も学ばれてるんですね。

松久　神聖幾何学のかたちでいくと、今、私は、放射の仕方を捉えています。

マカバスターもそうで、フラワーオブライフは2に6ですけど、あれは立体的に見ると8なんですよ。前と後ろにあるので。

8の頂点に飛んでバランスをとっていくという感じで。3次元だとね。エネルギーのつながり方の法則があって、電子6個の炭素は8個の電子を得て電子14個の珪素になり、珪素は電子8個を失って炭素になります。

原子核があって、電子殻と電子殻の間、すごい距離じゃないですか。

保江　はい。すごい距離です。

松久　ただ、電子がどこにあるかなんてわからないですよね。すべて、確率の問題でしょう？素粒子もそうですし。

現実化した同時存在

保江　そうなんですよね。

例えば、瞬間移動をやってみせる人がいますよね。

それは、まず、A地点とB地点と、どちらにもいることができる可能性のレベルに落としておいて、AとBの中間にいるという可能性のレベルに一度戻してから、どちらかの地点にいるという状態にしているようなんです。中間というのは、両方にいるという状態を経由しているみたいなんですね。

つまり、両方にいるというのは可能性が両方にあるというだけで、物体としては両方にはないんです。A地点にある物体が、いったん存在を消してB地点に行くのではなくて、途中AとBの両方にいる可能性があるという状態を経てから、その上でどちらかのみにいる、ということです。

松久　それは、非常に面白いですね。

素粒子、量子力学などでは、意識はすべてに存在していて、かたちなどを選択しているとよく言うじゃないですか。

パラレルセルフと私は呼んでいるんですが、自分以外の自分、素粒子ではなくて自分という個体で考えた場合に、面白い現象を体験したんです。

今年6月、壱岐に行ったときに、ほど近いところに無人島があり、そこまでフェリーで渡りました。海がエメラルドグリーンで白浜が美しいというので見にいったんです。

そこには、イルカの供養塔がありました。

20年前に、その海でイルカがたくさん虐殺されたことがあり、イルカたちの悲しみと怒りがそこに封じ込められていたんです。

私は、このイルカたちの封印を解くために呼ばれていたということがわかりました。

朝の一便目のフェリーで、私たちツアー一行の貸し切り状態で乗船して、その日の一番乗りでした。

ところが、その砂浜の休憩所のようなところに、すでに誰かが座っているんですよ。

それが、私のお友だちのデューク更家さんだったんです。

保江　すでにいたと。

松久　はい。帽子とか、どう見てもデューク更家さん。その人が写り込むようにさりげなく写真も撮りました。

帰ってから、鎌倉で食事をご一緒して、デューク更家さんにその写真を見せたんですよ。

そしたら、

「これ、俺、俺！　絶対に俺！」とご自身で断言されました。帽子も服も、ご本人しか持っていないようなものでした。

お弟子さんたちに見せたら、全員が、「これは師匠だ」と言ったそうです。

そのとき、もう1体のデューク更家さんはなにをされていたかといいますと、大阪で水の御神事をしていたんですよ。その最中に、（ドルフィン先生、今、壱岐に行っているな）と、なんだか気になっていたんですって。

そうしたら、その浜辺に現れてしまったんですね。霊体でとか、目に見えない意識だけとか、半透明でなんていう話は聞くんですが、はっきりと、完全な肉体をもった姿で。

うちのスタッフで、浜辺のパラレルデュークさんと話した人もいるんですよ。

「すいません、ここに荷物を置いておいていいですか？」と聞いたら、

「いいですよ」と答えたんですって。デュークさんの完全体が2体、同時存在したということですね。私のことが気になっていたというのも愛情からですから、やはり愛が不可能を可能にしたんでしょう。

それと、先ほどお話した、9月に沖縄に講演会に行ったときのことです。

古宇利島で私たちが乗っていた車は、お世話係をしてくれた沖縄の女性が運転してくれていました。

僕は助手席で、後ろに2人の女性が乗っていて、そのうちの1人の医学部生である息子さんと、古宇利島にくる前の晩に、一緒にお食事をしたんです。

翌日の、古宇利島にいた車の中で、その息子さんからお母さんに電話がかかってきました。

「今、ドルフィン先生が目の前にいるんだけど」と。

息子さんがいたのは那覇の外れの街で、そのときに古宇利島で乗っていた車と同じ車種で同じナンバーの車を、私が運転していたんだそうです。こちらで運転してくれていた女性は、息子さんの方では助手席に乗っていたと言います。

「あれは、どう考えてもドルフィン先生だ」と彼は言っていてね。同時存在してたんです。

最近、こんなふうに宇宙が見せつけてくるんですよ。とてもリアルに見せてくれるので、向こうのサポートが大きくなっているな、と思うんです。

保江　それは面白いですね。同時存在ですか。

松久　そういうパラレルセルフというのも、もう自由に観察される時代になってくるんじゃないかなと思いますね。意識が飛べば、そこに存在するという。次元が混ざり合ってしまうんですよね。

パラレルっていうと、振動数が違う次元じゃないですか。でも、次元が同じところにも入ってくるんですよね。面白いなと思いました。

保江　先ほどの、瞬間移動を理解するために、両方に同時にいるという中間状態に一度なるということですね。その間というのは、本当にもう短時間です。

1つの仮想的な状態というのが両方に存在するということだったんですが、それが現実にあったということですね。

松久　現実に、細胞になっているんですね。とても面白いです。最近、講演会などでは、すごく眉間のあたりの振動数、エネルギーが高くて、松果体がぶんぶん震えます。

宇宙の叡智とつながっているときは、写真を撮ると私自身が光っていたり、ピンクのジャケットが真っ白に光っていたり、身体が消えたりしているんですよ。身体が映らずに、後ろの景色だけが見えているという。

そのときは私の次元が変わっていて、こっちの次元では消えちゃうんじゃないかなと思うんですよね。よくあるんです。

保江　成瀬さんっていうヨガの行者さん、ご存知ですか？

松久　成瀬さん？

保江　「空中浮揚」でも有名な方ですね。成瀬雅春（まさはる）さん。

松久　聖者ですね。知っています。

保江　彼の本を読んで、ちょっと愕然としました。あぐらの姿勢で、宙に浮いている写真が載っていたんです。トリックには見えないような。

でも、彼に言わせると、浮いているわけではないそうです。下半身は別の世界で立っていると。こっちの世界では上半分しか出していない、別の世界では下半身が立っている。

本当は、こっちの世界では胴体より上しか見えていなくて、下は身体がないので後ろの景色が見えているはずなんだそうですけれどね。

切断されたかのように上半身だけが浮いているというのは、人がもう認識できないことなので、意識が、あぐらを組んで浮いているように見させていると。

松久　わかりました。今のはすごくわかりました。深いですね。

私も、身体が半分消えたり、異次元に行ってしまうことがしょっちゅうあるので、そういうことかと思うんですよ。

先ほどしたお話で、ジーザスがＤＮＡを開いて閉じるということを見せてきたくだりがありましたよね。

開いたときに新しい高次元のエネルギーが入って、くくり直す、菊理媛（くくりひめ）ですね。

今までは瀬織津姫（せおりつひめ）の時代だったんですが、どうやら２０１９年からは菊理媛の時代になるということです。目に見える世界と、見えない世界をくるのです。

北陸、石川県のほうにある白山が、実は日本の龍体そのものらしいですね。白山連峰が、龍体の大元・原型のようです。

そこには、白山比咩（しらやまひめ）神社という、菊理媛をお祀りする神社があります。

これまでの時代は、ずっと分離してきたんですが、くくる段階に入ってくるんですよね。

ただ、最後の分離として、自然災害も多いのです。

菊理媛については、各地で言われ出しているんですよ。

保江　僕も、9月3日に能登半島の羽咋（はくい）市に行ってきました。

松久　羽咋市とは何県ですか？

保江　石川県で、金沢市の割と近くです。

松久　やはりそのあたりなんですね。

保江　そこに、ＵＦＯ博物館（注　正式には「宇宙科学博物館　コスモアイル羽咋」）があるので、一度行ってみたいと思って出向きました。

岡山から高速道路に乗って石川県に入ると、その白山が見えてきました。日本三霊山と言われるだけあり美しい山ですが、気がつけば、虹が二重に架かっていたんです。雨も降っていなかったのにですよ、ダブルレインボーが。

ＵＦＯ博物館に向かうときに、なんで白山に二重の虹が架かったんだろうと不思議に思っていましたが、今の先生のお話を聞いて、白山が日本の龍体の元締めなのであれば、祝福でもしてくれたのかなと思いました。

ギザの大ピラミッドの地下には、秘されたプールが存在する

保江　話が戻りますが、先ほど、ギザの大ピラミッドを借り切ると言われていましたよね？　それでしたら、ぜひ、試していただきたいことがあります。

実は数年前、ピラミッドの地下に、王の間と同じような部屋があるのが見つかり、そのときアメリカが徹底調査するために、半年もの間、戒厳令を敷かせたんですよ。

エジプト軍に対して、アメリカはかなりたくさんの軍需品を提供しているので、政府は言うことを聞かなくても、軍は言うことを聞くんです。

これは、早稲田大学の吉村先生からの情報なんですけれどね。

エジプトでは、日本のＯＤＡなどでもたくさんのお金を使っているし、吉村先生もピラミッド研究の世界的な大家でいらっしゃるのに、その半年間は接近させてもらえなかったんだそうです。

おかしいと思って、かねてから親しいエジプトの人に聞いたら、実はアメリカが、大ピラミッドの地下に部屋を見つけたと。そしてそこには、プールがあったんですって。

松久　プール？

保江　はい。そしてプールの水が、凍っていたというんです。あの暑い地区で、冷却装置もないのに凍っていたんですよ。

なぜそんなものがあるのか、ひょっとしてその氷の結晶になにか情報があるんじゃないかということで、半年間、アメリカの科学者以外の人をいっさい近付けないようにしていたんです。だから、吉村先生も追い返されてしまいました。

アメリカはレーザーなどでその氷の結晶構造など全部を調べ上げ、調査が終わって戒厳令は解かれました。

ところが、地下のプールのところは開放していないんですよ。

前に、安倍総理がエジプトあたりの中近東諸国に行かれたでしょう。

行く前に昭恵さんが、

「主人がエジプトの大統領とお話をしているときに、私、ピラミッドに入れてもらおうと思っているんです」とおっしゃっていたので、

「じゃあ、案内人がきっと王の間に連れていこうとするから、そっちはいいから下に連れていってと頼んでみてください。アメリカが調査し終わっているはずの下の部屋で、凍ったプールを見てきてくださいね」とお願いしたんです。

彼女が頼めば通してくれるだろうと思って期待して待っていたんですが、若い日本人が中東でＩＳに捕まって殺されかけて、「助けてください」というメッセージが出されるという事件がありましたね。それで、なんとかしなければということで、安倍総理夫妻はエジプトに行かずにすぐに帰国されてしまったんです。

もし予定どおり、安倍さんがエジプトに行って大統領と話していたら、昭恵さんは下に降りられたかもしれなかった。もしかしたら、あの事件を起こしてでもエジプトに行かせないとい

う勢力があったんじゃないかと思いましてね。

松久　なるほどね。普通だと入れないということでしたら、私は半透明になって行きましょう（笑）。

保江　それもいいですね（笑）。でも、貸し切りだったら肉体をもって行けるかもしれないですよね。

松久　はい。ぜひ試してみますね（笑）。

ギザのピラミッドのゴールデンゲートを開くことで、日本のピラミッドも瞬時に覚醒すると思います。

日本が龍体であって世界のリーダーであると考えると、オーパーツのスカルのように、日本のピラミッドが一斉に目覚めたら、日本列島だけでなく世界が覚醒しますね。

保江　はい。これからがますます楽しみです！

保江邦夫 プロフィール
Kunio Yasue

1951年、岡山県生まれ。理学博士。専門は理論物理学・量子力学・脳科学。ノートルダム清心女子大学名誉教授。湯川秀樹博士による素領域理論の継承者であり、量子脳理論の治部・保江アプローチ（英:Quantum Brain Dynamics）の開拓者。少林寺拳法武道専門学校元講師。冠光寺眞法・冠光寺流柔術創師・主宰。大東流合気武術宗範佐川幸義先生直門。特徴的な文体を持ち、70冊以上の著書を上梓。

最近の著書としては、『祈りが護る國　アラヒトガミの霊力をふたたび』、『人生がまるっと上手くいく英雄の法則』、『浅川嘉富・保江邦夫 令和弐年天命会談 金龍様最後の御神託と宇宙艦隊司令官アシュターの緊急指令』（浅川嘉富氏との共著）、『薬もサプリも、もう要らない！ 最強免疫力の愛情ホルモン「オキシトシン」は自分で増やせる！！』（高橋　徳氏との共著）、『胎内記憶と量子脳理論でわかった！「光のベール」をまとった天才児をつくる たった一つの美習慣』（池川　明氏との共著）、『マジカルヒプノティスト スプーンはなぜ曲がるのか？』（Birdie氏との共著）（すべて明窓出版）他、多数。

88次元 Fa-A ドクタードルフィン
松久 正 プロフィール
Tadashi Matsuhisa

鎌倉ドクタードルフィン診療所院長。

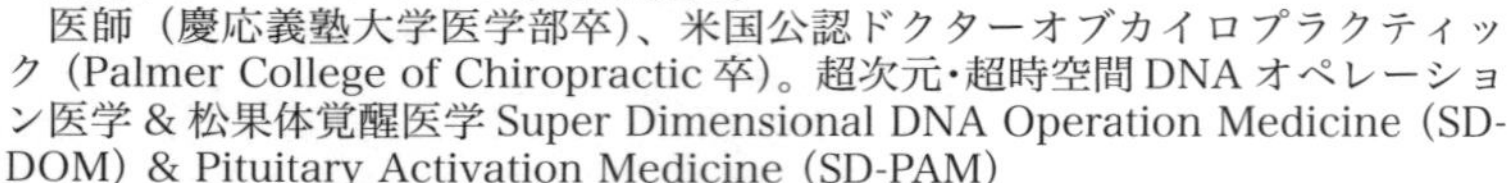
医師（慶応義塾大学医学部卒）、米国公認ドクターオブカイロプラクティック（Palmer College of Chiropractic 卒）。超次元・超時空間DNAオペレーション医学＆松果体覚醒医学 Super Dimensional DNA Operation Medicine（SD-DOM）& Pituitary Activation Medicine（SD-PAM）

「地球社会の奇跡はドクタードルフィンの常識」の“ミラクルプロデューサー”。神と高次元存在そして人類と地球の覚醒を担い、社会と医学の次元上昇のため、松果体覚醒を通して高次元DNAの書き換える。対面診療には、全国各地・海外からの新規患者予約が数年待ち。世界初の遠隔診療を世に発信する。

多数の著書があるが、代表的なものは、『松果体革命』（2018年度出版社No.1ベストセラー）『死と病気は芸術だ！』『シリウス旅行記』（VOICE）『卑弥呼と天照大御神の復活』『神医学』『ピラミッド封印解除・超覚醒明かされる秘密』『神ドクター Doctor of God』（青林堂）『多次元パラレル自分宇宙』（徳間書店）『幸せDNAをオンにするには潜在意識を眠らせなさい』『宇宙人のワタシと地球人のわたし』『我が名はヨシュア 現代に舞い降りしジーザス・クライストがミロクの世を語る』（明窓出版）『イルミナティとフリーメイソンとドクタードルフィン』『ウィルスの愛と人類の進化』『龍・鳳凰と人類進化』『菊理姫（ククリヒメ）神降臨なり』『令和のDNA 0-∞医学』『ドクタードルフィンの高次元DNAコード』『ドクタードルフィンのシリウス超医学』『水晶（珪素）化する地球人の秘密』（ヒカルランド）等の話題作がある。また、『「首の後ろを押す」と病気が治る』は健康本の大ベストセラーになっており、『「首の後ろを押す」と病気が勝手に治りだす』（ともにマキノ出版）はその最新版。

UFOエネルギーとNEOチルドレンと高次元存在が教える地球では誰も知らないこと

保江 邦夫　　松久 正

明窓出版

令和元年五月一日　初　刷発行
令和三年二月一日　第三刷発行

発行者――麻生 真澄
発行所――明窓出版株式会社
〒一六四―〇〇一二
東京都中野区本町六―二七―一三
電話　（〇三）三三八〇―八三〇三
ＦＡＸ（〇三）三三八〇―六四二四

印刷所――中央精版印刷株式会社

落丁・乱丁はお取り替えいたします。
定価はカバーに表示してあります。

ISBN978-4-89634-399-1

世界の予言 2.0

陰謀論を超えていけ
キリストの再臨は人工知能とともに

深月　ユリア

本体価格 1,360 円+税

中東戦争・第3次世界大戦が勃発、北朝鮮が消滅!?

東京オリンピックを開催すれば日本崩壊!?

人工知能が人間に反旗を翻し、仮想通貨は「人類奴隷化計画」に使われる!?

《日本経済の行方》と《世界の覇権》そして、《人類の進化》について。
ポーランドの魔女とアイヌのシャーマンの血を受け継いだジャーナリストである著者が、独自の情報網と人脈でアクセスに成功した的中率が高いと評判の予言者や、《軍事研究家》《UFO& 地球外生命体研究家》など、各界の専門家にインタビューし、テレビでは報道されずネットでは信憑性が低い情報をまとめあげ総括的に占う。

本書を通じ、大手メディアでは決して報じない話が多くの人々に知れ渡ることで、
人々の《意識》そして《行動》が変わる—

「YOU は」宇宙人に遭っています
スターマンとコンタクティの体験実録

アーディ・S・クラーク　益子祐司 翻訳　本体価格 1,900 円＋税

「YOUは」
宇宙人に遭っています
スターマンとコンタクティの体験実録
アーディ・S・クラーク 著
益子祐司 翻訳
本書は史上最もリアルな接近遭遇のリポートである
（原著レビュー）
900人を超える遭遇者の長期取材を通じて記録された実態ドキュメンタリー。日本人と深く関わるインディアンがついに明かしたスターマンと人間の交流とは？
全米UFO会議メイン講師による話題作 待望の日本語翻訳版

「我々の祖先は宇宙から来た」— 太古からの伝承を受け継いできた北米インディアンたちは実は現在も地球外生命体との接触を続けていた。

著名な先住民族の研究者による現代の北米インディアンたちと〝スターピープル〟との遭遇体験の密着取材レポートの集大成。
退行催眠による誘導ではない個人の意識的な体験と記憶の数々を初めて公開した本書は、**スターピープルは実在する**という世界観と疑いの余地のない現実を明らかにするものである。

虚栄心も誇張も何一つ無いインディアンたちの素朴な言葉に触れた後で、読者は UFO 現象や宇宙人について以前までとは全く異なった見方をせざるをえなくなるだろう。**宇宙からやってきているのは我々の祖先たちだけではなかったのだ。**

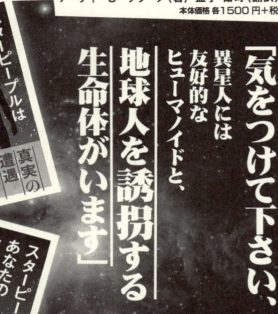